KB178471

응급실의 소크라테스

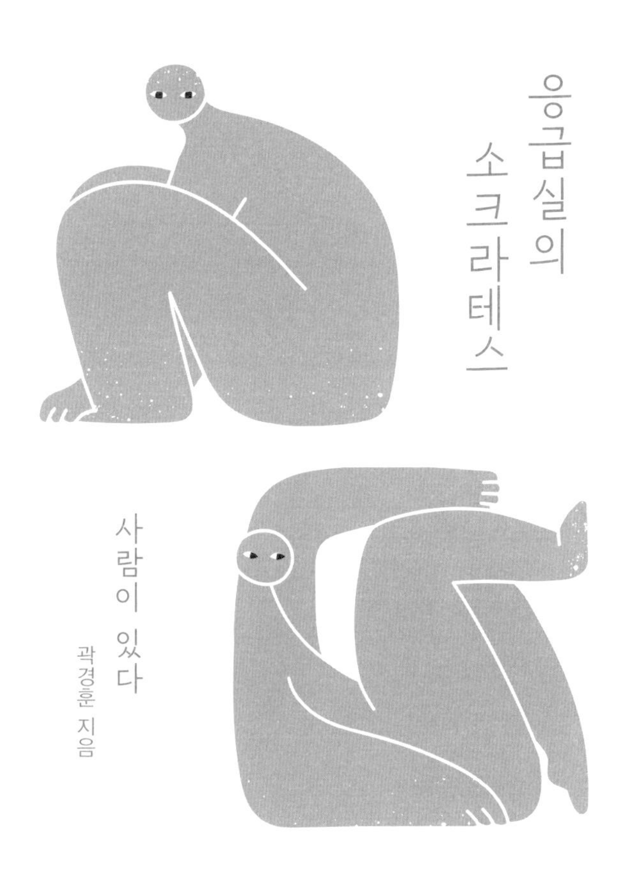

응급실의 소크라테스

사람이 있다

곽경훈 지음

포르체

차례

프롤로그

응급실의 할리우드 액션

시간은 흔적을 남긴다. 거대한 바위, 높은 산, 깊은 강, 넓은 호수처럼 영원을 누리는 듯한 존재도 시간의 흐름에 따라 변화하고 마지막에는 소멸한다. 그런 존재와 비교해 매우 짧은 생애를 누리는 인간은 말할 것도 없다. 시간의 흐름은 인간의 몸과 마음에 지울 수도 없는 힘든 흔적을 남긴다. 시간의 무게는 사람마다 달라서 긴 시간을 살아도 그 무게가 가벼워 남은 흔적이 크지 않은 사람이 있는가 하면 짧은 시간에 깊게 파인 흔적이 남은 사람도 있다.

처음에는 사내의 나이를 추정하기 어려웠다. 토사물이 말라붙고 여기저기 흙먼지가 묻은 남루한 옷과 낡은 슬리퍼 때문은 아니었다. 문제는 시간이 남긴 흔적이었다. 낡은 고무처럼 퍼석퍼석하면서 거무튀튀한 피부와 깊게 파인 주름, 근육은 쪼그라들고 지방은 사라져 육지에 버려진 선박을 떠올리게 하는 팔과 다리, 주변의 상황을 무시하기 위해 애써 감은 눈과 굳게 다문 입술로 미루어 시간이 사내에게 남긴 흔적은 엄청났다. 그러나 앞서 말했듯, 긴 시간만이 깊은 흔적을 남기는 것은 아니다. 어떻게 시간을 보냈느냐, 그러니까 어떤 삶을 살았느냐에 따라 비교적 짧은 시간에도 어마어마한 흔적이 남을 수 있다.

"어디가 불편하세요?"

사내에게 다가가 물었으나 아무런 반응이 없었다. 사내를 이송한 구급대원은 사내가 전신 쇠약을 호소하며 직접 신고했다고 말했으나 119구급대의 이동식 침대에서 응급실 침대로 옮긴 후부터 주변을 아예 무시하려는 듯했다. 간호사가 체온을 재고 팔에 혈압계를 감아 측정하는 동안에도 사내는 꿈쩍하지 않았다. 사악한 악당에게 납치당한 주인공이 모진 고문에도 협조하지 않는 영화의 한 장면이 떠올라 쓴웃음을 지을 수밖에 없었다.

"혈압과 체온, 맥박수는 정상 범위입니다. 환자분이 어디가 아픈지 말하셔야 진료를 순조롭게 진행합니다. 아파서 119에 신고하지 않으셨어요? 어디가 아픈지 말씀하세요."

그러자 사내는 천천히 눈을 떴다. 붉게 충혈된 눈으로 두리번거리며 주변을 살피고는 짧게 말했다.

"밥을 안 먹어서 힘이 없소."

사내가 입을 열자 술 냄새가 풍겼다. 일반적인 상황이라면 처음부터 술 냄새를 알아차렸겠으나 사내가 입을 열기 전까지 옷에서 풍기는 온갖 악취에 술 냄새가 묻힌 듯했다.

"밥을 며칠이나 드시지 않았습니까?"

정중하지만 딱딱한 말투로 물었고 사내는 짧게 대답했다.

"20일!"

그러나 정말 20일 동안 식사를 하지 않았을 가능성은 희박했다. 물론 영양이 풍부한 식사를 살뜰히 챙기지는 않았겠으나 가벼운 일상을 유지하는 데 충분한 음식을 섭취한 듯했다. 간단히 말하면 20일 동안 굶은 사람의 몸이 아니었다. 다만 그동안 꾸준히 음주를 했을 것이 틀림없었다.

"마지막으로 언제 술을 마셨습니까?"

대부분의 환자에게는 '일주일에 며칠이나 술을 마십니까?'라고 묻는다. 하지만 알코올 의존증이 있는 사람, 흔히 '알코올 중독자'라 불리는 사람에게는 효율적이지 않은 질문이다. 알코올 중독자는 그런 질문에 제대로 대답하지 않기 때문이다. 심지어 '술을 끊었다'고 말하는 사례도 적지 않은데 알고 보면 금주한 기간이 하루 이틀에 불과하다. 그러니까 하루 혹은 이틀 전부터는 몸이 너무 아파 술도 마시지 못한 것일 뿐이다. 따라서 알코올 중독자에게는 '일주일에 며칠이나 술을 마십니까?', '술을 자주 마십니까?'보다 '마지막으로 언제 술을 마셨습니까?'가 더 적절한 질문이다.

"마지막으로 언제 술을 마셨냐고 묻지 않습니까?"

마약과 도박 같은 다른 중독자와 마찬가지로 알코올 중독자도 곤란한 질문을 외면한다. 그래서 몇 차례 다그쳐 물어야 할 때가 많다.

"어제저녁에 먹었지."

사내는 목에 걸린 이물질을 내뱉듯 말했다. 응급실에 방문한 것이 늦은 오후였으니 사내는 새벽까지 술을 마신 다음, 겨우 몸을 추스르고 119구급대를 불렀을 가능성이 컸다.

"요즘 먹는 약이 있습니까? 아니면 병원에서 꾸준히 약을 먹자고 권유한 적이 있습니까?"

의과대학 시절의 교과서에는 '고혈압, 당뇨병, 뇌졸중, 심장질환 같은 만성질환을 진단받아 복용하는 약이 있습니까?'처럼 매우 정중한 질문이 등장했다. 그러나 응급실에서 실제로 사용하기에는 무리가 있다. 공중파 뉴스의 앵커가 사용하는 말투와 일상에서 사용하는 말 사이에 거리가 있듯이 의학 교과서에 등장하는 질문도 그렇다. 응급실에서 마주하는 환자는 매우 다양하다. 상황과 상대에 따라 적절한 표현을 선택하지 않으면 진료에 필요한 정보를 얻기 어렵다.

"없어."

이번에도 사내는 매우 짧게 말했다. 그 말을 신뢰하기는 어려웠다. 의도적인 거짓말일 가능성도 있고 진단받은 사실을 아예 잊어버렸을지도 몰랐다. 더 이상 다그쳐도 유용한 정보를 얻을 가능성이 적어 사내를 자세히 살피기 시작했다. 일단 머리에는 멍 자국과 찰과상이 있었다. 흉부에는 별다른 문제가 없었고 명치에 경미한 압통(tenderness), 팔과 다리에는 가벼운 찰과상이 있으나 문제가 될 만한 것은 아니었다.

그렇게 얻은 정보를 종합하여 환자의 상황과 의심되는 질환, 치료 계획을 떠올렸다. 환자는 알코올 중독자이며 위생 상태로 보아 외부의 강력한 개입이 없다면 중독에서 벗어나지 못하는 단계에 도달했을 가능성이 컸다. 내과적으로는 아직 복수가 차거나 위식도정맥류 출혈(gastroesophageal varix bleeding, 간경화가 진행되면 간으로 가야 할 혈액이 위와 식도 표면에 있는 정맥으로 역류하여 혈관이 부풀어 오른 정맥류를 만듦, 시간이 지나면 파열하여 심각한 위장관 출혈을 초래함, 만성 간질환 환자의 사망 원인 중 하나)이 발생하는 심각한 단계까지는 이르지 않았고 20일 동안 식사를 하지 못했다는 진술과 달리 어느 정도는 음식을 섭취한 듯했다. 하지만 지속적인 알코올 섭취로 인한 췌장염(pancreatitis)의 가능성과 알코올성 간질환의 상태를 파악하기 위해서 혈액 검사와 복부 CT가 필요했다. 덧붙여 알코올 중독자, 만성 간질환자, 혈전용해제를 복용하는 환자의 경우에는 머리에 가벼운 충격을 받아도 경막하 출혈(subdural hemorrhage)이란 뇌출혈이 발생할 수 있어 멍 자국와 찰과상 때문에 머리도 CT를 찍어 확인해야 했다.

사내에게 간략히 의심되는 질환과 앞으로 시행할 검사를 설명했으나 눈을 감고 입을 굳게 다문 채, 듣지 않았다. 다행히 사내는 의료보호에 해당했다. 의료보호는 사회 경제적으로 취약한 계층을 위해 만든 제도로, 거기에 해당하면 응급실에서 응급 질환으로 진료하는 경우 환자가 직접 부담할 비용은 거의 발생하지 않는다(만약 사내가 의료보호가 아니라 건강보험을 상실한 무연고자였다면 비용을 두고 사내, 의료진, 행정 직원 사이에 실랑이가 벌어졌을 것).

간호사가 채혈과 동시에 정맥 주사를 연결하고 CT실로 옮겨 머리와 복부 CT를 촬영하는 동안에도 사내는 여전히 눈을 감고 입을 굳게 다문 상태였으나 순순히 협조했다. 다행히

CT에서 심각한 문제는 없었다. 두개골 골절, 뇌출혈, 심각한 급성 간경변, 급성 췌장염 모두 확인되지 않았다. 그래서 환자에게 CT 결과를 설명하자 갑자기 눈을 번쩍 뜨며 침대에서 몸을 일으켰다.

“이 새끼야!”

사내는 시뻘겋게 충혈된 눈을 부라리며 소리쳤다. 그리고는 오른손을 뻗어 왼팔에 연결한 정맥 주사를 뽑아 바닥에 던졌다. 소량의 피가 여기저기 튀었고 사내는 잠깐 주위를 두리번거리다 침대에 달린 수액을 거는 막대를 뽑으려 했다. 그러나 다행히 막대를 뽑아 휘두르는 일은 일어나지 않았다. 정맥 주사를 뽑는 순간, 다음 행동을 예측한 내가 사내를 제지했기 때문이다.

“응급실에서 의료진을 위협하고 폭력을 행사하며 기물을 파손하는 행위는 심각한 범죄에 해당합니다. 또 환자의 생명이 위급한 상황이 아니면 그런 상황에서는 의료진이 진료를 거부할 수 있습니다. 이미 CT로 심각한 문제가 없다는 것을 확인했으니 계속해서 난동을 부리면 진료를 진행할 수 없습니다. 의료진에게 폭력을 행사하면 즉시 경찰에 신고하겠습니다.”

사내의 팔을 붙잡고 또박또박 말했다. 막대를 뽑아 휘두르지 못한 것에 잔뜩 화가 난 사내는 시뻘건 눈으로 노려봤다. 공포영화에서나 볼법한 눈빛과 표정이었으나 나는 냉정한 표정으로 사내를 바라봤다. 이런 상황에 익숙할 뿐만 아니라, 움츠러들어도 나아지는 것이 없기 때문이다.

"이 병원 새끼들! 의사 개새끼들!"

사내는 욕을 하며 바닥에 침을 뱉었다. 원래 의도는 나의 얼굴에 침을 뱉는 것이었으나 마지막 순간에 생각을 바꾼 듯했다. 내가 건장한 체격의 남자가 아니었다면 침을 뱉을 뿐만 아니라 주먹을 날렸을 것이다.

"놔, 이 개새끼들아! 놓으라고! 난 집에 갈 거다!"

소란에 놀란 행정 직원이 달려왔고 나는 냉랭한 목소리로 말했다.

"그렇다면 막지 않겠습니다. 더 이상 난동을 부리거나 폭력을 행사하지 말고 조용히 응급실을 떠나세요."

그러자 사내는 난동을 멈추고 응급실을 떠났다. 그러나 불과 몇 시간 후, 나는 사내를 다시 마주했다.

"OO세 남성 주취자이며 전신 쇠약과 복통을 호소하고 그쪽 병원에서 꾸준히 진료한다고 합니다."

119상황실에서 걸려 온 연락을 듣는 순간, 몇 시간 전 응급실을 퇴원한 사내가 떠올랐다. 119구급대가 이송할 남성 주취자는 우리 병원에 꾸준히 다니고 있다고 주장했으나, 난동을 부리다 응급실을 떠난 사내는 그날 처음 우리 병원을 방문한 것이었다. 하지만 사내 같은 부류는 필요하면 언제든 거짓을 말하거나 사실을 자신에게 유리하게 가공하기 마련이다. 번쩍이는 불빛과 함께 구급차가 도착하고 이동식 침대에 누운 사내를 확인했을 때도 크게 놀라지 않았다. 주취자를 해결했다는 기쁨에 구급대원은 신속하게 사내를 응급실 침대에 옮기고 빠르게 사라졌다. 간호사가 사내에게 다가가 혈압, 맥박, 체온, 호흡수 같은 생체 징후(vital sign)를 측정하는 동안 사내는 이번에도 눈을 감고 입을 다문 상태를 유지했다.

"OOO 씨, 어디가 불편합니까?"

다가가서 사내의 이름을 부르자 이번에는 부스스 눈을 떴다. 그리고는 역시 매우 짧게 말했다.

"입원시켜 주쇼."

머리와 복부 CT에는 응급실을 통한 입원을 할 만큼의 문제가 없었다. 사내가 응급실을 떠난 후, 확인한 혈액 검사도 마찬가지였다. 그러니 사내는 우리 병원에 입원할 이유가 없었고 특히 응급실을 통한 입원에는 아예 해당하지 않았다. 물론 알코올 의존증이 심해 우리 병원 같은 급성기 병원이 아니라 알코올 의존증을 치료하는 정신건강의학과 병원에 입원할 필요가 있었다. 사내도 그런 사정을 모르지 않았을 것이다. 그러나 알코올 의존증을 치료하는 정신건강의학과 병원은 음주를 엄격히 통제한다. 따라서 일반 병원에 입원해 깨끗한 잠자리를 즐기고, 틈틈이 몰래 병원을 이탈해 술을 마시고 돌아오는 식으로 며칠 동안의 휴양을 만끽하려는 의도가 분명했다.

"다행히 응급실을 통해 입원할 문제가 없습니다. 이미 몇 시간 전에 모든 검사를 진행해서 확인하지 않았습니까? 아예 응급실에서 추가로 진료할 사항도 없으니 이제 퇴원하세요."

지나치다 싶을 만큼 냉정하게 말했다. 사내에게 특별히 개인적인 감정은 없었다. 응급실에서 사내 같은 환자를 마주하면 개인이 아니라 알코올 의존증이란 질병 혹은 알코올 중독자란 거대한 집단으로 느껴질 뿐이다. 짜증 내거나 분노할 이유도 없다. 사내는 그저 응급실에서 더 이상 진료할 필요가 없는 환자일 뿐이며 다른 환자의 진료를 방해하지 않고 퇴원하면 그만이다.

하지만 사내를 돌려보내는 것은 매우 어려웠다. 눈을 질끈 감고 입을 굳게 다문 채, 응급실 침대의 난간을 힘껏 움켜쥐고 조금도 움직이려 하지 않았다. 차라리 몇 시간 전처럼 막대를 뽑아 들고 휘둘렀다면 '응급실 내 폭력 행위'로 경찰에 신고하여 해결할 수 있으나 사내는 비슷한 경험이 많은 듯, 매우 영악하게 굴었다. 의료진을 위협하거나 폭력을 행사하는 행위, 병원 기물을 파손하거나 다른 환자에게 심각한 피해를 주는 행위가 없으면 신고해도 경찰이 오지 않고 또 경찰이 출동해도 별다른 조치가 없다는 것을 악용했다. 그렇게 버티면 결국에는 지친 의료진이 자신을 입원시킬 것이라 판단하는 듯했다. 어쩌면 이전에 방문한 몇몇 작은 병원에서는 그런 작전이 성과를 거두었을지도 모른다. 그렇게 입원한 후, 병원을 몰래 이탈하여 술을 마시고 사건 사고를 저지르면서 그 병원에서도 입원을 거부하기 시작했고 새로운 목표물을 찾아 우리 응급실을 방문했을 것이다.

사내의 예상과 달리 우리 병원은 단순히 환자가 버티고 막무가내로 요구한다고 해서 입원을 남발하지 않는다. 응급의학과 의사인 나도 마찬가지다. 응급실은 꼭 필요한 환자를 치료하려고 1년 365일 24시간 쉬지 않고 진료하는 곳일 뿐, 사내의 편의를 위한 공간이 아니다. 또 사내 같은 환자를 필요한 상황이 아닌데도 응급실에 수용하면 다른 환자를 폭행하거나 중환자의 치료를 방해하는 사건이 발생할 위험도 있다.

그리하여 행정 직원과 나 그리고 사내 사이에 팽팽한 실랑이가 벌어졌다. 그런데 대뜸 사내가 '걷지 못한다'고 호소했다. 어떤 면에서는 일종의 협박이었는데 힘이 풀리고 발이 꼬여 걸을 수 없으니 당장 입원시키라는 요구였다. 이론적으로는 갑작스레 뇌졸중이 발생했을 수도 있고 척추에 문제가 생겼을 수도 있다. 혈당 측정에 사용하는 작은 침으로 사내가 마비되었다고 주장하는 다리를 살짝 찌르자 다리뿐만 아니라 몸 전체를 파닥이며 나를 노려봤다. 사내의 팔과 다리는 아무 이상이 없었으며 뇌졸중도 아니고 척추에 심각한 문제가 발생하지도 않았다. 하지만 절대 응급실을 떠나지 않겠다 결심한 사내는 응급실 입구에 주저앉았다. 단순히 주저앉은 것이 아니라 팔과 다리를 크게 뻗고 누웠다.

"계속 이렇게 행동하면 업무 방해로 신고할 수밖에 없습니다. 여기는 환자가 응급실 진료를 위해 접수하는 공간입니다. 욕하고 협박하며 폭력을 행사하는 것만 범죄가 아닙니다. 응급실 진료가 필요한 환자를 방해하는 것도 범죄입니다."

그제야 사내는 그런 방식으로는 입원할 수 없음을 깨달은 듯했다. 사내는 작은 목소리로 행정 직원에게 '택시를 불러달라'고 부탁했다. 그러나 택시를 부르고 택시가 도착하기까지 사내는 한 걸음도 내딛지 못하는 것처럼 응급실 입구에 팔과 다리를 크게 뻗고 누운 자세를 바꾸지 않았다. 몇 시간 전, 사내가 처음 응급실을 찾았을 때부터 지켜본 사람이 아니면 정말 걷지 못할 만큼 심각한 문제가 있는 것이 아닌지 의심스러울 정도였다.

택시가 응급실 현관에 도착하자마자 사내는 갑자기 몸을 일으켰다. 천천히, 고통을 호소하며 일어나는 것이 아니라 헐리우드 액션을 들킨 농구선수처럼 훌훌 털고 힘차게 일어났다. 그리고는 성큼성큼, 당당한 걸음으로 택시를 향해 걸었다.

다양한 사람이 응급실을 방문한다. 환자, 보호자 그리고 의료진이 전부일 것 같으나 실제로는 구급대원, 경찰관, 시청의 사회복지사 같은 직종도 응급실의 단골손님에 해당한다. 또 환자와 보호자의 범위는 매우 광범위하다. 나이, 성별, 종교, 직업과 관계없이 누구든 환자와 보호자가 될 수 있다. 사회 구조의 맨 꼭대기에 있는 존재부터 가장 아래쪽을 차지하는 존재까지 모두 해당한다. 의료진 역시 하나로 규정하기 어렵다. 의사만 해도 심장내과, 소화기내과, 호흡기내과, 신장내과, 감염내과, 정형외과, 신경외과, 일반외과, 흉부외과, 신경과, 산부인과, 소아청소년과처럼 거의 모든 임상과가 응급실을 방문하기 때문이다.

응급실에서 근무하면 사회를 구성하는 거의 모든 사람을 만날 수 있다. 그러나 사회 구조의 꼭대기에 있는 존재보다 아래쪽을 차지하는 존재를 마주할 가능성이 크다. 이 책은 그런 사람들에 대한 짧은 기록이다.

응급실의 소크라테스

'닥터 소크라테스'는 아직 쉰에 이르지 않았으나 반쯤 벗어진 머리카락과 동그란 턱선, 약간 나온 배와 짧고 통통한 팔다리 덕분에 제 나이보다 열 살은 더 늙어 보였다. 꽃중년은 아니었으나 '신뢰할 수 있는 의사'로 보이는 외모였다. 닥터 소크라테스라는 별명이 붙은 이유도 철학자 소크라테스와 외모가 닮았기 때문이다. 그는 신경과 의사이며 어지러움, 간질, 실신, 뇌경색 같은 질환이 전문 분야라 응급실에서 자주 마주쳤다. 의식 저하, 한쪽 팔다리의 근력 저하, 어둔한 발음 등의 증상을 호소하는 환자가 응급실을 방문하면 두부 CT를 시행해 뇌출혈 여부를 감별한다. 그리고 약물 복용, 저혈당, 저나트륨혈증 등 내과 문제가 없다는 것을 확인하면 뇌 MRI를 처방하고 신경과 당직 의사에게 연락하는데 닥터 소크라테스가 신경과 당직 의사인 날은 짧은 한숨을 내쉴 수밖에 없었다.

"가족분들입니까? 저는 신경과 당직 의사입니다. 많이 놀라셨지요? 일반인에게는 설명이 좀 어려울 수도 있습니다만 일단 MRI를 보면서 말씀드리겠습니다. 여기 이 화면에서 밝고 작은 점이 보이지 않습니까? 이 화면에서 밝게 나타나면 뇌경색입니다. 사람들이 중풍이라고 말하는 질환입니다. 뇌출혈, 뇌졸중이라 부르기도 합니다. 뇌출혈은 혈관이 파열하는, 그러니까 터지는 질환이고 뇌경색은 혈관이 막히는 질환입니다. 혈전이라고 하는 피딱지가 혈관을 막아서 발생하지요. MRI에서 보면 지금 뇌경색의 크기는 크지 않습니다."

닥터 소크라테스의 목소리는 상냥하다. 흥분하는 일도 거의 없고 목소리가 높아질 때도 극히 드물다. 대부분의 보호자는 고개를 끄덕이며 경청한다.

"그러나 지금 MRI만으로는 알 수 없습니다. 아시다시피 뇌경색은 대단히 무서운 질환입니다. 지금은 작아 보여도 너무 초기여서 그렇게 보일 수도 있습니다. 또 며칠 사이에 더 큰 혈관이 막힐 수도 있습니다. 그때는 정말 손쓸 수 없지요. 그리고 뇌혈관을 막은 혈전이 다른 곳에서 만들어졌을 가능성이 큽니다. 지금까지 진단받지 않은 심장 질환이 있을 수도 있습니다. 심전도에는 큰 문제가 없으나 말씀드렸듯 저는 신경과 의사입니다. 또 심장내과 의사라도 심전도만으로 모든 것을 알 수 없습니다. 심전도에 잘 드러나지 않는 부정맥이 있으면 뇌경색이 아니라 그 부정맥 때문에 사망할 가능성이 아주 큽니다. 그리고 혈전은 다리에 있는 정맥에서 만들어질 때가 많은데 그런 혈전이 뇌혈관이 아니라 폐동맥을 막으면 폐동맥색전증이라고 하는 질환이 발생합니다. 폐동맥색전증은 정말 치료가 힘든 질환입니다. 그리고 뇌경색에 걸리면 음식물을 잘 삼키지 못하고 가래도 잘 뱉어내지 못합니다. 그래서 쉽게 폐렴이 걸릴 수가 있지요. 생각해 보세요. 뇌경색과 폐렴은 그것만으로도 무서운 질환인데 그게 같이 발병하면 어떻게 되겠습니까? 그러니 환자는 사망 가능성이 아주 큽니다."

그의 설명에 따르면 이런 경우에도 사망하고 저런 경우에도 사망하니 환자는 죽음의 신이 휘두르는 무시무시한 낫을 피할 수 없을 것만 같다. 그런데 환자의 증상은 아주 경미하고 뇌 MRI에도 아주 작은 뇌경색이 있을 뿐이다. 그렇다면 아주 심한 뇌경색의 경우에는 어떻게 설명할까?

"가족분들입니까? 저는 신경과 당직 의사입니다. 많이 놀라셨지요? 일반인에게는 설명이 좀 어려울 수도 있습니다만 일단 MRI를 보면서 말씀드리겠습니다. 여기 이 화면에서 밝은 부분이 보이지 않습니까? 이 화면에서 밝게 나타나면 뇌경색입니다. 사람들이 중풍이라고 말하는 질환입니다. 뇌출혈, 뇌졸중이라고 부르기도 합니다. 뇌출혈은 혈관이 파열하는, 그러니까 터지는 질환이고 뇌경색은 혈관이 막히는 질환입니다. 혈전이라고 하는 피딱지가 혈관을 막아서 발생하지요. 그런데 지금 MRI를 보면 뇌경색이 아주 큽니다."

그런 상황에도 닥터 소크라테스의 목소리는 차분하고 상냥하다. 보호자 역시 겁에 질린 표정으로 경청한다.

"지금 MRI로만 판단해도 뇌의 4분의 1이 기능을 상실한 것이나 마찬가지입니다. 그러니 아주 심한 상태입니다. 뇌는 한 번 기능을 상실하면 절대 회복되지 않습니다. 더구나 지금 손상된 부분이 너무 커서 혈관을 뚫는 시술도 위험합니다. 시도할 수는 있지만 성공 가능성이 낮고 자칫 혈관을 뚫지 못하고 그 부작용으로 약해진 혈관이 터져 뇌출혈이 발생하면 100% 사망합니다. 그래서 약물 치료를 시작할 수도 있는데 뇌는 혈관이 막혀 손상받으면 시간이 지날수록 부어오릅니다. 그러면 두개골 내 압력이 높아지죠. 뇌압이 높아진다고 하는 상황인데 그러면 뇌가 눌리게 되고 뇌경색이 발생하지 않은 부분도 손상받습니다. 그런 경우에는 두개골을 열어 압력을 낮출 수밖에 없습니다. 우리 병원에 신경외과가 있어 그런 수술이 가능하나 사실 그런 수술까지 하면 거의 사망한다고 봐야 합니다. 요행히 그런 단계를 넘겨도 이런 심한 뇌경색은 심장이 근본 원인일 때가 많아 심장 문제로 사망할 수도 있습니다. 또 뇌혈관이 한 곳만 나쁘겠습니까? 전반적으로 나쁘니 언제라도 다른 부분에서 뇌경색이 발생할 수 있습니다. 그런 경우에도 사망합니다. 그리고 누워 있다 보면 흡인성 폐렴이라고 하는 심각한 폐렴이 발생할 가능성이 커집니다. 덧붙여 뇌경색 환자는 가래나 이물질을 제대로 뱉어내지 못해 갑작스레 기도가 막힐 수도 있습니다. 그러니 인공호흡기를 달아야 하는데 인공호흡기란 것이 한 번 달면 죽을 때까지 뗄 수가 없습니다. 인공호흡기를 달았다는 것은 그만큼 심각하다는 뜻이라 치료해도 사망할 가능성이 높습니다."

역시 이런 경우에도 사망하고 저런 경우에도 사망한다는 설명이다. 그렇다면 뇌 MRI에 이상이 없는 경우는 어떨까? 환자의 증상도 한쪽 팔다리의 근력 저하나 어둔한 발음 같은 것이 아니라 아주 경미한 어지러움이라면? 그때 닥터 소크라테스의 설명은 어떨까?

"가족분들입니까? 저는 신경과 당직 의사입니다. 많이 놀라셨지요? 일반인에게는 설명이 좀 어려울 수도 있습니다만 일단 MRI를 보면서 말씀드리겠습니다. 현재 MRI에서는 큰 이상이 확인되지 않습니다. 혈액 검사에서도 별다른 이상이 없고 심전도도 정상입니다. 물론 저는 내과 의사가 아니라 혈액 검사와 심전도가 정상이라고 해서 다른 내과 문제가 없다는 뜻은 아닙니다. 그냥 그게 정상이란 뜻일 뿐이지요. 환자분이 호소하는 증상이 어지러움인데 걸음걸이에도 문제가 없고 아주 뚜렷하게 드러나지도 않습니다."

역시 그의 목소리는 차분하고 상냥하다. 보호자 역시 편안한 표정으로 경청한다.

"그런데 MRI가 정상이라고 문제가 없다는 뜻은 아닙니다. 오히려 나쁜 징조일 수도 있습니다. 세상에는 아주 다양한 질환이 존재하니까요. 우리 신경과에서 담당하는 질환 가운데 MRI에서 뚜렷한 이상이 드러나지 않는 사례가 적지 않습니다. 그리고 MRI에서 이상이 확인되지 않고 혈액 검사도 정상인 질환은 진단하기도 어렵고 진단해도 치료법이 없는 경우가 많습니다. 지금은 MRI가 정상이고 다른 검사에서도 별다른 이상이 확인되지 않으나 사망 가능성이 분명히 있습니다. 따라서 집에 가는 것보다 입원하는 것이 좋습니다. 하지만 입원한다고 모두 생존할 수 있는 것은 아닙니다. 아주 심각한 부정맥도 심정지를 일으키기 전에는 심전도에서 별다른 이상이 확인되지 않는 사례가 있습니다. 지금이 뇌경색의 아주 초기라면 당연히 증상도 애매하고 MRI에서도 이상이 관찰되지 않습니다. 입원하면 내일 아침 다시 MRI를 찍겠습니다만 그 사이에 갑작스레 악화하여 사망할 가능성도 있습니다."

따지고 보면 닥터 소크라테스는 별명처럼 임상 의사보다 철학자나 신학자에 어울렸다. '모든 인간은 죽는다', '인간은 누구도 죽음을 피할 수 없다'는 거대한 원칙에 그만큼 충실한 존재가 드물기 때문이다. 닥터 소크라테스는 곧 병원을 옮겼고 더 이상 신경과 당직 의사의 이름을 확인하고 깊은 고민에 빠질 일은 없다. 닥터 소크라테스를 단순히 무능한 임상 의사라 단정하기는 어렵다. 어떤 측면에서는 닥터 소크라테스 같은 의사가 유능한 임상 의사일 수도 있고 심지어 환자와 보호자가 '명의'라 칭송하는 사례가 드물지 않다.

의사, 특히 전문의가 되는 과정은 길고 고단하다. 우선 의과대학에 입학하면 6년, 의학전문대학원을 거치는 경우엔 최소 8년의 과정을 마치고 국가고시에 합격해야 의사 면허를 획득한다. 그다음 전공의 수련을 시작한다. 규모가 큰 병원만 전공의 과정을 개설할 수 있고 전공의는 인턴과 레지던트로 나누어진다. 1년의 인턴 과정 때는 2~4주씩 다양한 임상과를 순환하며 기본적인 개념을 이해하고 임상 의사로서 기초를 쌓는다. 인턴 과정이 끝날 무렵, 전문 과목을 선택하여 3~4년의 레지던트 과정을 시작한다. 레지던트 과정 동안에는 전문의로서 갖추어야 할 다양한 실력과 소양을 쌓아 해당 분야의 전문의로 독자적으로 진료할 수 있는 기반을 마련한다.

레지던트 과정의 수련 강도는 임상과마다 천차만별이다. 야간 당직이 거의 없어 아침에 출근하여 저녁에 퇴근하는 규칙적인 삶이 가능하며, 생사의 갈림길에 있는 중증 환자를 담당할 가능성이 크지 않아 '삶의 질'을 보장받는 임상과가 있는 반면에 야간 당직이 잦고 출근과 퇴근이 불규칙할 뿐만 아니라 생사의 갈림길에 있는 중증 환자를 자주 담당해서 정신과 육체 모두 힘든 임상과도 있다.

정신과, 재활의학과, 영상의학과, 피부과 같은 임상과가 전자에 해당하고 의료계에서 통용하는 은어로 '바이탈과'라 불리는 내과, 외과, 신경외과, 흉부외과, 소아과, 산부인과 같은 임상과가 후자에 해당한다. 후자 중에서도 내과는 현대 의학의 뼈대를 이루는 임상과라 레지던트 수련 동안 매우 다양한 중증 질환을 마주한다. 그래서 주치의 역할을 담당하는 레지던트 2년 차와 레지던트 3년 차 무렵에는 고달픈 일상이 이어질 때가 많다. 특히 패혈증, 케톤산증, 심한 폐렴 등 중증 질환으로 응급실을 거쳐 중환자실에 입원하는 환자의 경우 상태가 악화하면 보호자의 원망은 고스란히 담당 레지던트를 향할 때가 많다. 환자에 대한 최종 책임은 담당 교수에게 있으나 환자, 보호자와 가장 가까이 있는 사람은 담당 레지던트이기 때문이다.

그런 상황이라 내과 레지던트 과정 동안 욕설이나 멱살잡이를 경험하는 사례가 흔하고 의료 소송을 경험하기도 한다. 그런데 레지던트 시절 수련하던 병원의 내과에서 욕설과 멱살잡이를 거의 경험하지 않았을 뿐만 아니라 명의라 칭송받는 레지던트가 있었다. 환자와 보호자가 교수가 아니라 레지던트를 명의라 칭송하는 일은 극히 드물어서 매우 예외적인 사례였는데 엄밀히 따져 그 레지던트가 아주 출중한 실력을 지닌 것은 아니었다. 나름대로 똑똑하고 성실했으나 인간의 능력은 평균을 뛰어넘기 어렵다. 의사도 마찬가지라 일반적인 생각과 달리 '평균을 압도하는 신비한 능력의 소유자'는 존재하지 않는다. 다만 '평균에도 이르지 못하는 게으르고 무능한 사람'은 종종 있어 명의를 찾는 것보다 게으름뱅이를 피하는 것이 중요하다.

어쨌거나 그 레지던트는 게으름뱅이는 아니었으나 다른 내과 레지던트를 압도하는 능력을 지닌 것도 아니었다. 그렇다면 그가 담당한 환자, 특히 응급실을 통해 중환자실에 입원한 경우 예외 없이 그를 '명의'라 칭송한 비결은 무엇일까?

비결은 의외로 간단했다. 일단 그는 소크라테스처럼 '신뢰할 수 있는 의사'에 어울리는 외모를 지녔다. 그리 잘생긴 편은 아니었으나 선이 굵은 외모와 적당히 통통한 체형은 의사라고 하면 흔히 떠올리는 외모였고 낮게 깔리는 목소리에도 권위가 있었다. 응급실에 내려와 환자를 확인하고 보호자에게 입원서류를 건넬 때, 그는 그런 장점을 이용해 근엄하게 '환자가 생존할 가능성은 극히 낮다'고 선언했다. 보호자가 정확히 무슨 말인지 빨리 이해하지 못할 때는 '환자 같은 상황에서는 생존율이 10~20%에 지나지 않는다', '환자 같은 경우에는 10명 중 한두 명만 살아서 퇴원한다'는 설명을 덧붙였다.

응급실을 통해 중환자실로 입원하는 환자는 중증 질환에 해당하니 당연히 상황이 좋지 않다. 그러나 그런 환자라고 해도 생존율이 무조건 10~20%는 아니다. 생존율이 50%인 사례도 많다. 엄밀히 말하면 치사율 10~20%도 엄청나게 심각한 상황이라 치사율 80~90%인 사례는 흔하지 않다.

그런데도 그는 일단 '치사율 90%, 살아서 퇴원할 가능성은 기껏해야 10~20%'라고 단언했다. 그 무시무시한 선고를 들으며 보호자는 절망과 비탄에 빠지고 때로는 응급실에 주저앉아 울음을 터뜨린다. 그러나 그 순간에도 그는 냉정하고 권위 있는 태도로 '선고'를 계속했다.

"회복 가능성이 매우 희박합니다. 그러나 포기하지 않고 최선을 다하겠습니다."

이것이 바로 명의의 '비결'이었다. 응급실을 통해 중환자실에 입원하면 보호자를 불러 '생존율이 10~20%에 불과하다' 선고한 다음 '그래도 최선을 다하겠다'며 공개적으로 다짐한다. 그러니 보호자는 환자가 생존하면 기적이 일어났다고 생각하며 그를 명의라 칭송할 수밖에 없고 안타깝게 환자가 생존하지 못하는 상황을 마주해도 그는 욕설과 멱살잡이를 피할 수 있다. 이런 비결 덕분에 그는 성공(?)적인 레지던트 생활을 보낼 수 있었다.

신화와 전설 심지어 고대와 중세의 역사 기록을 살펴보면 의도적으로 적의 능력을 과장하는 사례가 적지 않다. 영광스럽게 승리를 거두는 이야기는 말할 것도 없고 쓰라린 패배를 맛보는 이야기도 대부분 그들이 맞선 적이 매우 유능하고 무시무시한 힘을 지녔다고 설명한다. 적이 강력할수록 승리는 돋보이고 패배에도 그럴듯한 변명이 되기 때문이다.

앞선 글에 나온 두 의사가 생존하는 방법도 비슷하다. 환자의 상황을 '언제 사망해도 이상하지 않다', '치사율이 80~90%에 육박한다', '10명 중 두어 명만 멀쩡하게 퇴원할 수 있다' 는 표현으로 설명하면 치료 결과가 나빠도 환자와 보호자가 묵묵히 받아들일 가능성이 크고 치료 결과가 좋으면 '기적을 일으키는 명의'라 칭송받을 수도 있다. 레지던트 시절 마주친 명의라 불리는 내과 레지던트, 전문의가 된 후 잠깐 함께 일한 닥터 소크라테스 모두 그런 유형의 의사였다.

요즘에는 전문적인 의학 지식이 부족한 일반인도 다양한 경로를 통해 환자가 처한 의학적 상황을 보다 쉽게 이해할 수 있어 닥터 소크라테스의 명의가 되는 '비결'이 예전만큼 힘을 발휘하지 못할 가능성이 크다. 그러나 지금 이 순간에도 그들이 '이래도 죽고 저래도 죽을 수 있다', '치사율이 80~90%에 이르는 질환이다'라는 말을 내뱉으리라 생각하면 씁쓸한 입맛을 떨치기 어렵다.

권력자들

넙데데한 얼굴, 펑퍼짐한 콧날과 두꺼운 입술은 사내의 거대한 체구와 묘하게 어울렸다. 외모만으로 사람을 판단하고 편견을 지니는 것은 치명적 오류이나 아무리 봐도 넥타이까지 갖춘 옷차림은 사내에게 어울리지 않았다. 가톨릭 신부가 승복을 착용하고 개신교 대형 교회의 설교단에 오른 것처럼 어색했다. 그러나 목과 어깨가 뻣뻣하게 느껴질 만큼 쫙 펼친 가슴, 콧구멍이 약간 보일 정도로 든 턱과 상대를 내려다보는 눈빛은 말쑥한 정장에 아주 어울렸다.

사내는 그런 태도를 가질 만했다. 사내가 응급실을 방문할 상황이 발생하면 도착하기 한두 시간 전에 행정 간부가 전화하여 '부디 잘 부탁한다'고 말한다. 너무 늦은 저녁 혹은 지나치게 이른 아침이 아니면 아예 사내를 '영접'하려고 행정 직원이 대기하는 경우도 드물지 않다. 그런데 사내가 정말 응급실 진료가 필요한 증상으로 방문한 사례는 거의 없다. 대부분은 감기, 몸살, 만성 피로, 심지어 '그냥 쉬고 싶다'는 게 이유였다.

그런데 사내가 '환자'로 응급실을 찾을 때는 '보호자'로 방문할 때와 비교하면 아무것도 아니다. 사내가 보호자로 방문할 때, 그러니까 사내가 모시는 '어르신'이 응급실을 찾을 때는 비상사태를 선포한 것과 다름없는 상황이 펼쳐진다. 이번에도 전화가 걸려 오지만 한두 시간 전이 아니라 서너 시간 전이며 팀장급의 행정 간부가 아니라 부장, 때로는 부원장이 직접 전화한다. 그리고 늦은 밤과 이른 새벽이라도 팀장급의 행정 간부가 응급실에 대기한다. 또 응급실은 순식간에 온갖 상황이 발생할 수 있는 곳일 뿐만 아니라, 개방된 공간이라 다른 환자와 보호자의 눈에 '어르신'이 띌 수 있어 외래 진료가 끝난 시간에는 주사실, 외래 진료가 끝나지 않았다면 가까운 병동의 1인실을 준비한다. 사내가 모시는 '어르신' 역시 '응급실 진료가 필요한 증상'으로 방문하는 사례는 거의 없다. 대부분은 감기, 몸살, 만성 피로, 식욕 부진, 전신 쇠약, 심리적 스트레스가 응급실을 찾는 이유다.

그럴 때마다 '응급실은 단순히 경증 환자에게 편의를 제공하는 곳이 아니라 응급 상황의 환자를 진료하는 공간입니다', '지금 어디서 특별 대우를 요구합니까? 쌍팔년도에나 통할 관행 따위 이제 그만하세요'라는 말을 쌀쌀맞게 쏘아붙이고 싶은 것이 솔직한 심정이다. 그러나 원하는 말을 모두 내뱉고, 하고 싶은 행동을 모두 실행에 옮길 수는 없다. 무표정한 얼굴로 꼭 필요한 최소한의 말만 하는 것이 저항의 전부였다. 비굴한 변명처럼 들리겠지만 말과 행동에 그 이상의 저항을 표현하면 나뿐만 아니라 내가 몸담은 조직, 그러니까 병원 전체가 곤경에 빠질 가능성이 크기 때문이다. 철없는 나의 정의감을 충족하려고 다른 무고한 사람까지 곤란하게 만들 수는 없지 않나.

그렇다면 사내의 정체는 무엇이고, 또 사내가 모시는 '어르신'은 어떤 사람일까? 다들 어느 정도는 예상했을 것이다. 그렇다. '어르신'은 정치인이며 사내는 어르신의 수행 비서다. 물론 사내가 공무원에 해당하는지, 어르신의 개인 비서인지는 명확하지 않다. 그 차이가 내게는 별다른 의미가 없어 굳이 조사하지 않았기 때문이다.

몇몇 사람은 '요즘 같은 시대에 그런 일이 진짜 있나요?'라며 반문할지도 모른다. 또 몇몇은 '그런 일을 그냥 넘기면 어떡합니까?'라고 말할 수도 있다. 그러나 요즘도 그런 일은 드물지 않고, 그 일을 그냥 넘기지 않으면 복잡한 일이 발생한다.

내가 사내와 어르신의 특별 대우를 거부해도 당장은 문제가 발생하지 않는다. 심지어 입씨름을 벌이고 그들의 '갑질'을 언론, 국민권익위원회, 청와대 청원에 제보해도 그들이 나 개인에게 직접적으로 보복할 가능성은 크지 않다. 그러나 병원의 입장은 다르다. 어르신과 사내가 지닌 공식적인 권력과 비공식적인 영향력을 동원하면 중소 병원쯤이야 얼마든지 곤혹스럽게 몰아갈 수 있다.

따라서 정말 참을 수 없는 심각한 갑질을 하지 않는 이상, 쓰라린 속을 부여잡고 겉으로는 정중하게 대할 수밖에 없었다. 너무 과한 요구는 적절한 의학적 이유를 만들어 거부한다 해도 나머지는 수용할 수밖에 없었다.

그러나 그날만큼은 분위기가 달랐다. 사내도 응급실에 들어설 때부터 공기의 바뀐 흐름을 알아차렸을 것이다. 아니, 응급실에 들어서기 전부터 직감했을지도 모른다. 응급실을 방문하기 전, 행정 간부에게 '응급실 진료를 원한다'고 연락했을 때부터 전화기 너머의 목소리가 예전처럼 굽신거리지 않음을 깨달았을 것이다. 다만 인간은 믿고 싶지 않은 현실을 부정하는 동물이라 사내는 애써 불길한 예감을 외면하고 응급실을 찾아 '피곤하니 좀 쉬고 가겠다'며 요구했다. 내가 오랫동안 기다린 순간이었다.

"응급실은 단순히 경증 환자에게 편의를 제공하는 것이 아니라 응급 상황에 해당하는 환자를 진료하는 공간입니다. 만성 피로를 느낀다면 응급실에서 쉬면서 영양제를 투여하는 것이 아니라 내과를 방문하여 외래 진료를 받아야 합니다. 다행히 혈압, 맥박, 호흡수, 체온, 모두 정상 범위에 있으며 현재는 응급실 진료가 필요한 증상도 확인되지 않습니다."

그렇게 말하자 사내와 나 사이에 짧은 침묵이 흘렀다. 사내는 처음에는 당황했고 곧 분노했으나 마땅히 드러낼 방법이 없어 고민하는 듯했다. 앞서 말했듯, 인간은 믿고 싶지 않은 현실을 부정하는 동물이지만 세상에는 외면할 수 없는 사실도 존재하기 마련이다. 사내가 모시던 어르신의 권력이 사라진 것, 단순히 선거에 낙선한 것이 아니라 법의 심판을 받아 앞으로 다시 선출직에 오를 가능성이 희박해진 것이 바로 그런 외면할 수 없는 사실이었다.

사내는 조용히 응급실을 떠났다. 사내의 비대한 등을 바라보며 나는 레지던트 시절을 떠올렸다.

겨울은 생선의 계절이다. 정확히 말하면 푸른 등과 붉은 살을 지닌 생선의 계절이다. 참치, 방어, 정어리, 꽁치 모두 겨울이면 지방이 올라 맛이 좋다. 푸른 등과 붉은 살을 지닌 생선에 속하지 않는 복어 역시 겨울에 맛이 좋으니 어쨌든 겨울은 확실히 '생선의 계절'이다.

그렇게 제철을 맞이한 생선을 맛보는 최고의 방법은 회다. 살아 있는 생선을 해체하여 바로 먹는 활어회와 생선을 해체해 저온에서 보관한 후 먹는 숙성회는 같은 종류의 생선이라도 맛이 완전히 다르다. 당연히 어디까지나 개인의 취향이지만, 생선을 제대로 즐기려면 탱글탱글한 식감이 돋보이는 활어회보다 단백질과 지방이 지닌 특유의 감칠맛을 제대로 느낄 수 있는 숙성회가 적절하다.

그런데 숙성회는 활어회와 비교하면 취급하는 식당이 많지 않다. 한국인은 살아 있는 생선을 눈앞에서 해체하여 제공하는 방식을 선호하고, 숙성회는 자칫하면 세균과 바이러스에 오염될 수 있어 은근히 까다롭기 때문이다. 물론 요즘에는 숙성회가 많이 알려져 예전과 비교하면 쉽게 접할 수 있으나 내가 레지던트였던 2000년대 후반과 2010년대 초반에는 비싼 고급 식당에 가야 맛볼 수 있었다.

월급이 많지 않은 레지던트 입장에서는 교수님이 주관하는 의국 회식이 숙성회를 취급하는 고급 식당에서 열리면 즐거워야 마땅했다. 그러나 실제로는 의국 회식마다 기분이 썩 좋지 않았다. 왜냐하면 술을 몇 잔 마시고 주 요리인 숙성회를 먹기 시작함과 동시에 겪는 상황이 불편했기 때문이다.

숙성회를 먹을 무렵, 갑자기 방문이 열리며 조리복을 단정하게 입은 중년의 사내가 허리를 숙여 정중하게 인사한다. 사내의 옆에는 큰 나무 도마가 있고 그 위에는 참치의 커다란 대가리가 있다. 인사가 끝나면 사내는 참치 대가리가 놓인 도마를 음식이 차려진 상 옆으로 옮긴다. 그런 다음 능숙한 솜씨로 볼살을 비롯한 여러 부위를 발라 접시에 올린다. '눈물주', 그러니까 참치의 커다란 눈을 넣은 술을 만드는 것도 잊지 않는다.

"지난번엔 감사했습니다. 덕분에 중환자실 자리를 얻어 부모님이 잘 치료받고 퇴원했습니다."

조리복을 입은 중년의 사내는 식당 주인 겸 주방장이다. 그에게는 폐렴으로 자주 응급실을 찾는 부모가 있었다. 응급실에서 인공호흡기 치료를 시작할 때도 많았고 호흡기내과에서 '중환자실 자리가 없다'고 통보해 며칠씩 응급실에 머문 적도 꽤 있었다.

"칼을 잡고 생선을 만지다 보니 이렇게 음식을 대접하는 것이 제가 할 수 있는 전부입니다. 늘 감사합니다. 앞으로도 잘 부탁드립니다."

사내가 공손하게 말하면 교수는 하얀 머리카락과 눈가의 자글자글한 주름이 어울리는 웃음을 지으며 위대한 의술의 대가이자 인자한 휴머니스트처럼 말했다.

"무얼 그렇게 부탁하나, 이 사람아. 의사라면 당연한 일이지."

틀린 말은 아니다. 인공호흡기 치료가 필요한 심각한 상태의 폐렴 환자에게 최선을 다하는 것은 의사라면 당연하다. 자원봉사가 아니라 직업이며 그런 일로 돈을 받아 생계를 꾸리니 잘했다고 칭찬받을 일이 아니라 최선을 다하지 않으면 책망받는 '의무'에 해당했다. 그런데도 교수는 그걸 빌미로 환자의 아들이 경영하는 식당에서 의국 회식을 했고 단순히 서비스를 요구하는 것이 아니라 값을 저렴하게 지불하려 했다. 그런 행동에도 식당 주인은 어쩔 도리가 없었다. 부모님이 다시 응급실을 찾을 가능성이 크고, 식당 주인은 교수가 환자의 치료와 중환자실 배정에 큰 영향력을 발휘한다고 믿기 때문이다.

그러나 교수는 환자의 진료에는 전혀 관심이 없었다. 그때는 응급의학과가 아직 자리를 잡지 못한 때라 환자를 진료하지 않으면서 오직 서류 작업에만 매달리는 교수가 적지 않았다. 그래서 그런 교수를 '구천을 떠도는 망령에게서 응급실을 지키는 장승'이란 냉소적인 별명으로 불렀다. 그러니 겉으로는 '응급의학과 주임 과장'이라 불려도 실제로 중환자실 배정에는 영향력이 거의 없다. 또 직접 환자를 진료하는 경우도 드물다. 응급실을 내원한 중증 폐렴 환자에게 인공호흡기를 부착하여 치료하는 일은 처음부터 끝까지 전공의가 담당했고 중환자실 배정은 응급의학과가 아니라 호흡기내과가 주관했다. 심지어 응급의학과 교수가 '내가 책임지고 해당 임상과에 말해서 중환자실에 입원시키겠다!' 자신 있게 말해도 호흡기내과에서 동의하지 않으면 하릴없이 대기할 수밖에 없었다.

따라서 그런 회식은 환자를 볼모 삼아 보호자를 갈취하는 행위일 뿐만 아니라 환자에게 실질적인 도움을 제공하지 못하면서 도움을 약속하고 다른 의사의 노력을 자신의 것처럼 말했으니 죄질도 나빴다. 그래서 늘 그런 회식이 불편했고 급기야 교수에게 넌지시 묻기까지 했다.

"교수님, 따지고 보면 환자를 담당한 임상과는 호흡기내과가 아닙니까? 주인이 너무 환대해서 마음이 편하지 않습니다."

하지만 교수는 그게 무슨 문제냐는 표정으로 대답했다.

"그 환자가 응급실에 왔을 때, 누가 기관내삽관하고 인공호흡기 걸었어? 응급실에 있을 때 누가 열심히 봤어? 호흡기내과에서 그랬어?"

환자에게 기관내삽관을 시행하고 인공호흡기를 연결한 것

은 나다. 그리고 적어도 응급실에 머무르는 동안에는 관심을 기울였다.

"제가 했습니다."

그러자 교수는 아직도 모르겠냐는 표정으로 말했다.

"그러니까 당연히 호흡기내과보다는 우리를 대접해야지. 앞으로도 응급실에 올 테고!"

신선한 회가 앞에 있으나 반쯤 상한 생선의 비린내가 입 안에 퍼지는 것 같았다.

좋든 싫든 우리는 권력과 함께 살아갈 수밖에 없다. 평범한 사람은 휘두를 수 있는 권력의 크기가 매우 작아 대부분의 시간을 남이 휘두르는 권력 아래에서 보낸다. 유능한 사람, 운이 좋아 특권층에 속한 경우에는 휘두를 수 있는 권력의 크기가 커서 남이 휘두르는 권력 아래에서 보내는 시간이 상대적으로 짧을 뿐이다. 따지고 보면 권력과 관계를 끊고 살아갈 수 있는 사람은 극히 드물다. 예수, 석가모니, 소크라테스, 노자, 장자 같은 위대한 인물도 권력과의 관계를 단절하지 못했다. 오늘날에도 그들이 유명세를 떨치고, 그들이 남긴 사상이 강력한 영향력을 발휘하는 것 자체가 권력과 밀접하게 연관해 있다는 증거다. 심지어 소탈하게 무소유의 삶을 설파하는 승

려조차 권력에서 자유롭지 않다. 무소유의 청빈한 삶 자체가 그에게 권력을 가져다주는 도구이기 때문이다.

응급실에서도 마찬가지다. 응급실은 나이, 성별, 종교, 정치 성향, 인종, 교육 수준, 재산, 사회적 지위와 관계없이 환자가 처한 의학적 필요에 따라 진료를 진행하는 공간이지만 현실은 다르다. 환자와 보호자가 자신의 권력을 휘두르고자 하는 경우가 종종 있다. 또 반대로 응급실이란 공간에서 의사가 지니는 권력을 악용하는 일도 존재한다. 정의롭지 않은 현상이며 우리 모두 힘을 모아 개선해야 할 부분이지만 막상 비슷한 상황을 마주하면 우리가 비난하는 그들과 다르게 행동하지 않을 것이다.

환자가 응급실에 도착하면 보호자는 의료진에게 영향을 줄 수 있는 권력을 찾는다. 평범한 사람은 환자가 위중할수록 절박하게 권력을 찾고 특권층에 속하는 사람은 사소한 질환, 응급에 해당하지 않는 경증에도 자신의 지위와 권위를 과시하고자 권력을 휘두르며 특별 대우를 요구한다. 정치인, 공무원, 언론인, 지역 유지 등 저마다 지닌 권력의 종류는 달라도 응급실에서 특별 대우를 요구하는 행동만큼은 대동소이하다. 마찬가지로 의료진도 자신에게 주어진 권력을 악용하기도 한다. 자신과 가까운 사람의 진료, 입원, 수술, 시술을 앞당기는 것은 흔한 일이며 악의적인 몇몇은 앞의 교수처럼 교묘한 방식으로 접대를 요구한다.

김영란법 이후 적어도 겉으로는 상황이 나아졌으나, 지금도 응급실에는 자신의 지위와 권위를 과시하고자 권력을 휘두르는 환자와 보호자가 있을 것이며, 자신의 알량한 권력을 사사로운 이익에 악용하는 의료진이 존재할 것이다.

구제 불능의 이상주의자

작은 데미타스(demitasse) 잔을 들자 머리를 영롱하게 만드는 향이 코를 휘감았다. 천천히 잔을 입으로 가져가자 뜨거운 액체의 격렬하고 씁쌀한 맛이 혓바닥을 맴돌다 사라졌고 이내 시큼한 여운이 다가왔다. 곱게 분쇄한 커피 원두를 고온과 고압의 물을 이용하여 매우 짧은 시간에 추출하는 에스프레소는 레지던트 시절 내내 함께 한 동료다. 응급실 입구에서 불과 10m 거리에 작은 카페(병원 로비에 입점한 카페)가 있어 2~3분의 여유에도 에스프레소 한 잔을 털어 넣고 돌아올 수 있었기 때문이다. 덕분에 하루에 적게는 3~4잔, 많게는 7~8잔을 마셨다.

레지던트 수련을 마치고 대학병원을 떠난 지 1년이 훌쩍 지났으나 바리스타는 나를 알아보고 반가운 인사를 건넸다. 근무복과 크록스 차림으로 카페를 찾아 데미타스 잔에 담긴 에스프레소를 털어 넣고 재빨리 사라지던 레지던트 시절과 달리 천천히 커피를 즐길 여유가 생겼으나 그때도 에스프레소를 주문해서 한 번에 털어 넣었다. 그리고는 천천히 탁자 맞은편에 앉은 후배를 바라봤다.

"하지 마."

조금도 망설이지 않고 단호하게 내뱉은 말에 후배는 당황한 듯했다. 근무복에 의사 가운을 걸치고 크록스를 신은 후배는 평균을 훌쩍 넘는 키와 살집이 있는 체형임에도 위압감을 주지 않고 친근했다. 얼굴 역시 안경을 착용해서 성실한 인상을 주었으나 날카롭거나 냉소적으로 보이지는 않았다. 또 그런 분위기와 어울리게 아이를 좋아해서 소아과를 전공으로 선택한 것은 적절한 판단이었다. 2010년 초반인 그 무렵에도 '소아과에는 미래가 없다'는 흉흉한 소문이 맴돌았으나 단순히 경제적 전망만 따져서 평생토록 일할 분야를 선택하는 것은 어리석은 일이다.

"이유는 간단해. 전혀 현실적이지 않아. 이 계획은 성공할 수 없어. 위험 부담만 크고 실제로 얻을 이익은 극히 적어. 그러니까 절대로 하지 마."

벌써 10년에 가까운 시간이 흘러 그때 나눈 대화를 정확하게 기억하기는 어렵지만 그는 나의 단호한 말을 나름대로 반박하며 자신의 계획을 설명했다. 그러나 그의 노력에도 나는 고개를 힘차게 가로저었다.

"혹시 《오발탄》 알아? 소설도 있고 영화도 유명하지. 거기 멋진 대사가 나와. 인정의 선을 넘지 못했다는 대사지. 크게 마음먹고 강도를 계획했는데 인정의 선을 넘지 못해 방아쇠를 당기지 못했고 그래서 잡혔다는 거야. 인정의 선을 넘지 못했다, 네가 딱 거기 해당해. 그러니 하지 말라고. 굳이 하려거든 인정의 선을 넘어야 해. 너는 레지던트고 상대는 너희 임상과 교수야. 물론 그분이 좀 이상하긴 해. 레지던트든 간호사든 한 명을 콕 찍어 희생양으로 삼아 끝없이 괴롭히는 건 병원 전체가 아는 공공연한 비밀이지. 아마 다른 교수들도 문제라고 여길 거야. 그런데 레지던트끼리 단결해서 연판장을 돌리고 회진 때 봉기하듯 문제를 제기하는 것은 다른 얘기야. 그 교수의 잘못을 인정하는 교수도 그런 행동을 지지하지 않을 거야. 교수의 잘못과는 별개로 그런 행동을 한 레지던트의 잘못이 더 크다고 느낄 가능성이 커."

비어 버린 데미타스 잔을 만지작거리며 말을 이었다.

"게다가 상대는 보통 사람이 아니야. 선량한지 악랄한지를 떠나서 수완 좋은 사람이야. 네가 계획을 실행하면 상대가 어떻게 나올지 얘기해 줄까? 일단 그 자리에서 울 거야. 펑펑 울든, 눈물을 훔치든 최대한 억울하고 불쌍하게 보일 거야. 그러면 다른 교수들도 크게 뭐라고 하지는 못하겠지. 정작 너도 마음 약해져서 세게 나가지 못할걸. 그렇게 위기를 넘기면 며칠은 잘해줄 수도 있어. 그러면서 너희의 약한 고리를 찾겠지. 함께 봉기한 레지던트들을 한 명씩, 한 명씩 떠볼 거야. 주동자를 찾아야 하니까. 그러면 어렵지 않게 네가 주동자란 것을 알아낼 거야. 반란 수괴를 찾은 거지. 그리고 나서 다른 레지던트들은 별생각 없는데 네가 선동했다고 말하고 다닐 거야. 결국 얻는 것은 별로 없어. 교수는 몇 달 동안 잠잠할지 몰라도 곧 다시 예전처럼 희생양 괴롭히기를 즐길 거야. 그리고 너는 반란 수괴로 단단히 찍히겠지. 다른 교수들도 너를 보면서 찜찜한 기분을 느낄 거야. 이래도 정말 해야겠어?"

나의 충고에 마음을 돌릴 것이라 기대하지 않았다. 탁자 맞은편에 앉은 얼굴에서는 이미 굳은 결의가 풍겼고 녀석은 고지식한 것으로 유명했다. 구제 불능의 이상주의자라 현실적인 이유를 이용하여 설득하는 것이 불가능했다.

그렇다면 레지던트 수련을 마치고 갓 전문의 자격을 얻은 내가 수련받은 병원을 다시 찾아 닥터 구제 불능에게 단호하게 계획을 실행하지 말라고 충고한 이유는 무엇일까?

신생아실, 특히 신생아 중환자실은 외부와 완벽하게 격리된 공간이다. 소아과 교수라도 신생아 중환자실을 전담하는 사람이 아니면 거의 관여하지 않는다. 그러니 신생아 중환자실을 전담하는 소아과 교수, 신생아 중환자실 담당 소아과 레지던트, 신생아 중환자실 소속 간호사를 제외하면 보호자조차 하루에 아주 짧은 시간만 면회할 수 있다. 그래서 인턴 시절 신생아 중환자실은 대부분이 좋아하지 않는 일정에 해당했다. 신생아 중환자실처럼 외부와 차단된 공간은 관리하는 책임자의 성향에 따라 분위기가 좌우되는데 신생아 중환자실을 전담하는 소아과 교수인 닥터 히스테리는 레지던트와 인턴처럼 전공의뿐만 아니라 간호사에게도 소문난 기피 대상이었기 때문이다. 그러나 나는 인턴 시절 신생아 중환자실 근무를 피할 수 없었다.

"교수님, 이번 주에 근무할 인턴입니다."

근무를 시작하는 월요일, 닥터 히스테리가 주관하는 신생아 중환자실 아침 회진이 끝나자 레지던트 중 한 명이 나를 소개했다. 나름대로 배려한 것이겠지만 전혀 고맙지 않았다. 나는 그곳에서 투명 인간 같은 존재로 있고 싶었다. 그러나 신생아 중환자실에 배정된 인턴을 해당 교수에게 소개하지 않을 수는 없는 일이었다.

"오, 이번엔 덩치 큰 남자 선생님이네. 선생님은 올해 졸업했나? 현역? 아니면 재수?"

닥터 히스테리는 환하게 웃으며 물었다. 당시 닥터 히스테리는 40대 초중반의 젊은 교수였고 나이보다 어려 보였다. 또래의 평균적인 키, 잘 관리하여 군살이 없는 체형, 누가 봐도 '똑똑하다'는 생각이 떠오르는 말끔한 외모, 닥터 히스테리는 겉으로는 유능한 의대 교수이며 당당한 커리어우먼이었다. 거기에 청량한 목소리와 빠른 말투가 도드라졌고 적어도 처음에는 항상 웃는 표정으로 사람을 맞이했다.

"안녕하십니까, 곽경훈입니다. 저는 의과대학 졸업하고 공중보건의사로 먼저 다녀와서 인턴 동기들보다 나이가 많습니다."

나는 조심스럽게 말했다. 닥터 히스테리의 관심을 얻지 않는 것이 목표였다. 닥터 히스테리의 관심에는 적당한 중간이 없기 때문이다. 무조건 호의적으로 칭찬하거나 아니면 별다른 실수가 없어도 사사건건 괴롭히며 몰아세우거나 둘 중 하나였다.

"인턴 선생님은 어디 지원했어요? 요즘에는 남자 선생님들이 우리 과를 기피하던데?"

다행히 닥터 히스테리가 우호적으로 말했다. 하지만 언제든 변할 수 있어 여전히 긴장을 늦출 수 없었다. 그래서 대답을 망설였다. 사실 소아과는 생각만 해도 끔찍했다. 조그마한 영유아는 당연하고 초등학생 무렵의 아이도 좋아하지 않는 터라 소아과는 전혀 생각해 본 적이 없었다. 그러나 닥터 히스테리의 심기를 건드리지 않기 위해 조심스레 말했다.

"소아과도 좋은 임상과입니다만, 저는 정신과에 관심이 있습니다."

책을 좋아하며 인문학자를 꿈꾼 의대생과 신참 의사 대부분이 그렇듯, 나 역시 그때까지는 정신과를 희망했다. 물론 정신과는 매우 인기 있는 임상과라 끄트머리에서 헤아리는 것이 빠른 내 의과대학 성적을 생각하면 선발될 가능성은 희박했다. 닥터 히스테리가 의과대학 성적과 의사고시 성적을 물어보면 어쩌나 걱정스러웠으나 다행히 나에게는 더 이상 흥미를 갖지 않았다.

닥터 히스테리는 함께 하는 것만으로 불편했다. 닥터 히스테리는 매주 월요일 아침 회진을 끝내면 인스턴트 커피와 간단한 과자를 곁들인 '커피 타임'을 가졌는데 그 시작과 끝은 오직 닥터 히스테리의 판단에 달렸다. 더구나 닥터 히스테리의 커피 타임은 주말 동안 안부를 묻고 격려하는 훈훈한 자리가 아니다. 닥터 히스테리는 거의 모든 대화에서 항상 조롱하고 공격할 대상을 찾았다. 심지어 그 대상이 커피 타임에 참여한 소아과 레지던트와 신생아 중환자실 간호사일 때도 드물지 않았다.

그날은 닥터 히스테리가 조롱하는 대상이 내부가 아닌 외부에 있었다.

“참, 내가 어제 아파트 앞에 있는 카페에 갔는데 사람들이 많더라고. 아메리카노 한 잔에 5천 원 하는 고급 카페인데 어쩜 그렇게 사람들이 많아? 그 사람들 보면 불경기니, 지역경제가 쪼그라들었다느니 하는 게 거짓말 같아.”

닥터 히스테리가 간 고급 카페에 비싼 커피를 마시는 사람이 넘치는 이유는 부유층이 사는 아파트, 그러니까 닥터 히스테리가 거주하는 아파트가 근처에 있기 때문이다. 닥터 히스테리는 그런 식으로 자신이 부유한 동네에 살고 있음을 은근슬쩍 자랑했다.

“그런데 있지, 거기 웬 젊은 커플이 왔는데 남자애가 낯익지 뭐야. 나는 우리 병원 레지던트나 인턴인 줄 알았어. 그런데 아무리 봐도 아니더라고. 한참 보니까 글쎄, 우리 아파트 경비

원이지 뭐야. 보안업체 직원! 유니폼 벗으니까 모르겠더라고. 거기가 저가 올 곳이야? 보안업체 월급이 얼마나 되겠어? 1, 2백 되려나? 요즘 젊은 애들은 참 한심하다니까. 경비가 뭐라고 아메리카노 한 잔에 5천 원 하는 카페를 오냐고."

순간 속이 뒤틀렸다. 닥터 히스테리에 대한 소문을 알고 있었으나 그만큼 천박하고 저열하리라고는 예상하지 못했다. 당장이라도 냉소 가득한 표정으로 쏘아붙이고 싶었다.

"대한민국은 자유 민주주의 공화국입니다. 대한민국의 헌법은 모든 사람을 평등하게 대하며 계급제도를 옹호하지 않습니다. 보안업체 직원이 훔치거나 횡령한 돈으로 카페에서 커피를 마시거나 돈도 없이 무전취식했다면 모를까 열심히 일해서 정당하게 번 돈으로 커피를 마신 것이 잘못입니까? 월급이 2백만 원인 사람은 2백 원짜리 자판기 커피만 마셔야 합니까? 정당하게 번 2백만 원으로 5만 원짜리 커피를 마셔도 그건 개인의 선택입니다. 여기에서 이런 식으로 뒷담화당할 이유가 전혀 없습니다. 교수라면 교수답게 행동해야 저 같은 전공의가 존경하고 따르지 않겠습니까?"

어디까지나 상상에 불과했다. 나는 한마디도 하지 못했다. 대학병원이란 위계질서가 명확한 의사 집단에서 인턴은 가장 아래쪽에, 신생아 중환자실 전담 소아과 교수는 가장 위쪽에 자리하기 때문이다. 그저 커피 타임이 빨리 끝나기를, 이 악의적인 뒷담화가 어서 마무리되기를 바랄 수밖에 없었다.

그런데 닥터 히스테리의 악행은 커피 타임의 뒷담화에 그치지 않았다. 인턴이 다양한 임상과를 순환하며 근무하듯, 소아과 레지던트도 신생아 중환자실, 소아 신경학, 소아 소화기학, 소아 신장학, 소아 종양학, 소아 심장학, 소아 호흡기학, 소아 감염학 등 소아과에 딸린 분야를 순환하며 근무한다. 신생아 중환자실도 한두 달에 한 번씩 근무하는 레지던트가 바뀌는데 그때마다 닥터 히스테리는 '총애할 레지던트'와 '괴롭힐 레지던트'를 선택했다. 교수도 사람이라 함께 일할 때 편한 사람과 답답한 사람이 있겠으나 닥터 히스테리는 정도가 심했다. 총애하는 레지던트로 선택하면 웬만한 실수도 웃으며 넘겼으나 괴롭힐 레지던트로 선택하면 실수가 없다면 만들어서라도 야단쳤고 인격적으로 공격했다. 또 닥터 히스테리는 다른 레지던트와 신생아 중환자실 소속 간호사도 동참하도록 분위기를 몰고 갔다. 앞서 말했듯, 신생아 중환자실은 외부와 격리된 공간이라 괴롭힘의 효과는 엄청났다. 요즘 생각하면 전형적인 직장 내 괴롭힘에 해당했으나 2000년대 후반과 2010년대 초반에는 '옳지 않으나 뾰족하게 해결할 방법이 없는 일'로 여겨졌다. 그래서 아무도 닥터 히스테리의 악행에 맞서지 않았다. 괴롭힐 레지던트로 지목된 사람은 '몇 개월만 참자'는 심정으로 버텼고 나머지는 자신을 괴롭히지 않는 것에 안도했다.

적어도 나의 후배 고리타분한 이상주의자, 닥터 구제 불능이 등장하기 전까지는 그랬다.

닥터 구제 불능은 의과대학 후배인데, 전공의 수련을 거치면서 가까워졌다. 정확히 말하면 내가 응급의학과 2년 차일 때, 닥터 구제 불능이 응급실 인턴으로 근무하면서 친해졌다. 다만 그는 '재기발랄하며 눈치가 빠른 부류'는 아니었다. 고집 세고 자신의 원칙에 집착하는 고리타분한 성격이며 때로는 순진하다 싶을 만큼 선량한 이상주의자의 눈으로 세상을 바라봤다. 물론 임상 의사, 특히 그가 희망하는 소아과 의사에는 그런 성향이 어울렸다. 외과에는 대담하고 임기응변이 뛰어난 사람이 어울리겠으나 적어도 소아과에는 그의 성격이 장점으로 작용할 가능성이 컸다.

그런데 닥터 구제 불능 같은 고집 세고 순진한 이상주의자와 닥터 히스테리처럼, 이른바 갑질하는 상사가 만났을 때, 어떤 상황으로 치달을 것인지 걱정하는 사람은 아무도 없었다. 아무리 닥터 구제 불능이 고리타분한 이상주의자라도 레지던트 신분으로 닥터 히스테리의 전횡에 반발할 것이라 예상하지 못했기 때문이다. 실제로 닥터 구제 불능은 오랫동안 닥터 히스테리의 전횡을 참았다. 그러나 시간이 흐르면서 닥터 히스테리가 레지던트를 괴롭히는 정도가 악화하자 드디어 닥터 구제 불능은 공개적인 항의를 결심했다.

레지던트 수련을 끝낸 후 병원을 떠난 나를 부른 것도 그 때문이었다. 닥터 히스테리의 전횡을 알리는 '거사'를 앞두고 계획을 의논하고 조언을 구하는 것이 그의 의도였다.

닥터 구제 불능의 계획은 간략하게 설명하면 다음과 같다. 지금껏 닥터 히스테리가 어떤 방식으로 신생아 중환자실에서 레지던트를 괴롭혔는지 자세하게 기록한 문서를 만들어 소아과 레지던트 전체의 서명과 함께 소아과 대회진 때 발표하는 것이다. 대회진은 선임 교수부터 인턴까지 소아과에 소속한 모든 의사가 모이는 자리이니 공식적인 항의를 실행하기에는 최적의 기회였다. 또 닥터 구제 불능은 자신의 계획이 성공할 것이라 자신했다.

그러나 나는 냉정하게 반대했다. 물론 닥터 히스테리의 전횡은 알만한 사람은 모두 아는 공공연한 비밀이며 소아과의 다른 교수 중에는 그런 문제를 들으면 합리적으로 판단할 사람도 꽤 있었다. 하지만 대학병원에서 레지던트가 임상과 교수의 전횡을 지적하며 단체 행동에 나서는 것은 당시만 해도 상상하기 힘든 하극상에 해당했다. 또 고지식하고 순진한 이상주의자인 닥터 구제 불능과 달리 닥터 히스테리는 수완이 좋고 교묘한 술수에 능했다. 그러니 닥터 구제 불능과 레지던트들의 쿠데타(?)를 접하는 순간에는 눈물을 흘리며 사과하겠으나 곧 자신이 희생자인 양 행동하며 '교수가 잘못했어도 레지던트가 단체행동에 나서는 것은 너무하지 않느냐?'는 말로 다른 소아과 교수에게 '다음에는 당신이 희생양이 될 수 있다'는 꺼림칙함을 심어줄 것이 틀림없었다. 따라서 닥터 구제 불능의 계획을 강력하게 반대해야만 했다.

하지만 여느 고리타분하고 순진한 이상주의자가 그렇듯, 닥터 구제 불능은 자신의 계획을 실행했다. 그리고 안타깝게도 사건은 나의 예상대로 흘러갔다.

닥터 구제 불능의 순진한 이상주의는 레지던트 시절에 국한하지 않았다.

실패한 쿠데타에도 레지던트 수련을 무사히 마친 닥터 구제 불능은 전문의 자격을 얻은 후 3년간 군 복무를 수행했다. 그리고는 여러 가지 현실적인 제약으로 의과대학 교수에 대한 미련을 버리고 지방 도시의 병원에 취직했다. 지방 도시에 자리했으나 5백 병상이 훌쩍 넘고 소아 병동을 운용하는 대규모 병원이라 닥터 구제 불능은 임상 의사로 자신의 꿈을 펼칠 수 있으리라 기대했다. 특히 기독교 단체가 소유하고 운영해서 독실한 기독교인인 닥터 구제 불능은 한껏 희망에 부풀었다.

그러나 이번에도 현실은 냉정했다. 해당 병원에는 닥터 구제 불능까지 소아과 전문의 세 명이 일했는데 나머지 둘은 오랫동안 근무한 터줏대감이었다. 그런데 놀랍게도 그 터줏대감 둘의 진료 수익은 내과를 능가했다. 우리나라의 의료보험제도는 많은 약을 자주 투여할수록, 비싼 검사를 많이 시행할수록 비용이 증가한다. 이런 특징 때문에 소아과는 수익을 올리기 매우 어려운 편이다. 그런데 소아과의 진료 수익이 내과를 능가한다는 것은 보고도 믿을 수 없는 일이었다.

당연히 터줏대감들의 진료 형태는 정상적이지 않았다. 단순한 감기, 아주 경미한 콧물만 있어도 '기관지염'이라 진단해서 항생제를 투여하고 흉부 X-ray를 시행한 다음 '이틀 후에 봅시다'라고 말한다. 그리고 이틀 후에도 콧물이 있으면 '기관지염이 심해져서 폐렴으로 진행하고 있다'고 진단하여 입원을 처방한다. 그렇게 입원한 환자에게는 예외 없이 정맥으로 두 종류의 항생제를 투여한다. 소화기 질환도 마찬가지다. 아주 경미한 위장 장애 혹은 심하지 않은 바이러스성 장염에 불과해도 '금식하고 영양제를 공급하며 치료하지 않으면 탈수에 빠져 신부전이 발생한다'는 말로 위협하여 입원시킨다. 그리고는 당연히 비싼 영양제와 굳이 필요하지 않은 항생제를 남용한다. 특별한 증상이 없는 경우에도 성장호르몬 측정, 알레르기 항원 감별 같은 비싼 검사를 '루틴'으로 시행한다.

닥터 구제 불능은 이번에도 터줏대감 둘과 부딪혔다. 레지던트 신분에도 닥터 히스테리의 전횡에 '쿠데타'를 계획했으니 전문의가 된 이제는 참을 이유가 없었다. 다만 닥터 구제 불능은 터줏대감을 공개적으로 비난하지는 않았다. 그저 자신에게 오는 환자를 의학 교과서에 맞추어 원칙대로 진료했다. 오히려 인신공격은 터줏대감이 시작했다. 그들은 닥터 구제 불능에게 진료받고 돌아가는 환아와 보호자를 불러 '항생제를 주지 않아 폐렴이 될 것이다', '장염은 입원해서 치료해야지 먹는 약만 주면 탈수에 빠져 신장이 망가진다'라며 위협했다. 지금껏 자기네가 저지른 과잉 진료가 드러날까 두려워 어떡하든 닥터 구제 불능을 '임상 경험이 부족해서 교과서에만 집착하는 애송이'로 만들려고 노력했다.

결국에는 닥터 구제 불능도 참을 수 없어 공식적인 행동에 나섰다. 이번에도 그는 '경영진을 찾아가 문제를 공론화하겠다'는 순진한 이상주의에 기반한 계획을 세웠다. 당연히 성공할 가능성은 희박했다. 경영진에게는 교과서적 진료에 집착하는 닥터 구제 불능보다 많은 진료 수익을 올리는 터줏대감들이 훨씬 소중할 것이기 때문이다. 닥터 구제 불능은 병원의 경영진이 기독교 단체에 소속한 인물이라는 것에 희망을 걸었으나 르네상스 시대의 부패한 추기경에게 예수의 진정한 제자 같은 행동을 기대하는 것과 다름없었다.

닥터 구제 불능은 나의 만류에도 경영진을 찾아가 터줏대감들의 잘못된 진료 관행을 고발했다. 예상대로 닥터 구제 불능은 패배했고 계약 종료와 함께 병원을 옮길 수밖에 없었다.

닥터 구제 불능의 순진하고 고리타분한 이상주의가 존경스러운 이유는 그가 부잣집 도련님이 아니라 평범한 계층 출신이기 때문이다. 경제적으로 윤택한 사람, 먹고살 걱정을 하지 않는 사람이 원칙과 정의를 내세우며 이상주의자로 살기는 어렵지 않다. 그러나 의과대학 교수라는 꿈을 포기할 만큼 여러 가지 현실적인 제약이 많은 사람이 타협하지 않고 자신의 원칙과 정의를 고수하기는 매우 어렵다. 어쩌면 우리 사회가 겉으로 드러나는 많은 문제에도 퇴보하지 않고 조금씩 앞으로 나아갈 수 있는 것도 그런 구제 불능의 이상주의자가 오늘도 현실에 굴복하지 않고 분투하기 때문이 아닐까?

중독자

모두 말려버릴 것처럼 내리쬐던 햇볕은 사라졌으나 땅에는 여전히 열기가 남았고 공기는 습기를 머금어 이른 새벽에도 후덥지근했다. 20대 중반, 아무리 많아도 30대 초반은 넘지 않을 사내는 충혈된 눈으로 두리번거렸다. 평균보다 약간 작고 말랐으나 소매가 없는 상의와 엉덩이에 걸친 바지, 빡빡머리에 눌러쓴 야구모자, 팔과 목덜미에 가득한 문신이 꺼림칙한 분위기를 만들었다. 턱 바로 밑과 손목까지 채운 문신은 너무 빽빽해서 정확한 모양을 파악하기 어려웠고 상의에 가려진 부분도 문신이 가득할 것이었다. 그래서 체온, 혈압, 호흡수, 맥박수 같은 생체 징후(vital sign)를 측정하려고 다가선 간호사는 아주 조심스럽게 행동했다. 육체적으로 상대를 압도하는 것이 아님에도 풍기는 분위기가 위협적으로 느껴졌다.

"어디가 불편하시죠?"

사내는 응급실 침대에 걸터앉아 나를 노려봤다. 평균보다 작은 키와 구부정한 자세 때문인지 시선이 섬뜩했다.

"안정제, 안정제를 맞으러 왔어요."

사내의 음성은 다급했다. 사막에서 길을 잃고 헤매다가 차가운 물이 가득한 통을 발견한 것 같았다.

"진단과 처방은 의사인 제가 합니다. 불편한 증상을 말씀하시죠."

별다른 감정이 드러나지 않도록 나직하게, 그러면서도 단호하게 말했다. 그러자 사내의 충혈된 눈에 불안과 짜증이 떠올랐다. 그러나 개의치 않고 물러서거나 움츠러든 기색 없이 사내의 눈을 바라봤다. 잠깐 팽팽한 침묵이 흘렀고 사내가 천천히 입을 열었다.

"어제부터 잠을 못 잤어요. 예전에도 이럴 때마다 안정제를 맞았어요."

간호사가 측정한 생체 징후는 모두 정상 범위였다. 사내에게 신체적인 문제가 있을 가능성은 적었다. 사내의 문제는 정신과 질환에 해당되리라 생각했다. 안정제 중독, 이게 사내가 지닌 가장 심각한 문제일 것이었다.

"무조건 안정제를 투여할 수는 없습니다. 안정제는 중독성이 매우 강한 약물로 정신과 의사의 정확한 판단 없이 투여하기는 어렵습니다. 그리고 죄송하지만 우리 응급실은 정신과 진료가 가능하지 않습니다."

시뻘건 눈빛이 맞은편에서 번뜩였다. 맹수의 눈빛처럼 위압적이지는 않았으나 섬뜩한 광기가 느껴졌다.

"다른 응급실은 그냥 주던데 여기는 왜 이리 까다로워? 의사가 무슨 벼슬이야? 진정제나 줄 것이지 말이 많네!"

곧장 사내의 태도가 돌변했다. 여전히 구부정하게 응급실 침대에 걸터앉은 자세였으나 문신이 가득한 팔의 근육이 실룩였다. 당장이라도 주먹을 휘두르며 달려들 듯했다. 그러나 나는 가슴을 크게 펴고 어깨에 힘을 주며 팔짱을 낀 자세로 사내를 노려봤다.

"우리 모두 사회에서 만난 관계이니 서로 존중해야 합니다. 그러니 반말하지 마세요. 아울러 안정제나 마약성 진통제를 막무가내로 요구하며 의료진을 위협하면 경찰을 부를 수밖에 없습니다."

안정제, 마약성 진통제 그리고 경찰이란 단어에 사내는 부르르 몸을 떨었다. 순식간에 팽팽한 긴장이 응급실을 채웠다.

간호사들은 거리를 두고 물러섰고 행정 직원이 응급실 접수처에서 나와 멀리서 상황을 주시했다. 사내가 폭력을 행사하면 경찰에 신고할 필요가 있었기 때문이다.

"그래서 못 주겠다는 거야? 다른 데는 아무 말 없이 잘만 주던데 여기는 뭐가 특별하다고 이렇게 굴어? 그리고 의사면 다야? 응급실에서 근무하는 주제에 의사라고 비싸게 굴기는!"

사내는 미련을 버리지 못했다. 어떻게 해서든 정맥 주사로 안정제를 투여받는 것이 목표였다. 그러나 사내도 여기서는 목표를 이루기 힘들다는 것을 어렴풋이 알아차렸을 것이다. 덧붙여 사내가 폭력을 행사할 가능성도 점차 줄어들었다. 사내 같은 부류는 상대가 자신의 위협에 움츠러들지 않으면 기세가 꺾인다. 상대가 자신보다 육체적으로 우월하다면 더욱 그렇다. 어쩌면 사내가 몸 가득히 문신을 채운 것도 자신의 힘을 과장해서 상대를 위협하려는 의도일지도 몰랐다.

"병원이 여기뿐인가! 이런 식으로 손님을 대접하고도 안 망하나 보자!"

응급실 침대에서 일어난 사내는 너털너털 입구를 향해 걸음을 옮겼다. 그러다가 뒤돌아 나를 바라보며 말했다.

"그리고 너, 너는 평생 응급실에서 썩어!"

그렇게 사내는 목표를 이루지 못하고 응급실을 떠났다. 그에게 순순히 안정제를 투여할 다른 응급실로 향할 듯했다. 사내의 그런 뒷모습을 바라보며 문득 몇 년 전이 떠올랐다.

"아무 느낌이 없심다. 아무 느낌이 없어요!"

응급실 침대에서 몸을 일으켜 앉은 상태로 '미스터 안정제'는 푸념하듯 말했다. 그의 왼팔에는 작은 수액을 연결한 정맥 주사가 달려 있었다. 막 투약을 끝낸 주사기를 들고 침대 앞에 선 간호사의 얼굴에는 두려움, 난처함, 짜증이 복잡하게 섞인 표정이 묻어났다.

"아무 느낌이 없심다. 아무 느낌이 없어요."

그는 독특하게 '아무'란 단어를 길게 발음했다. 꼭 자신의 불만을 담으려는 것처럼.

"내가 말입니다, 이거 많이 맞아 봐서 아는데 이걸로는 턱도 없어요. 진짜 안정제를 투여한 것이 맞습니까? 사기 친 것 아닙니까?"

덩치가 큰 미스터 안정제는 눈을 부라리며 말했다. 그는 180cm를 훌쩍 넘었고 어깨는 우람했으며 걷어 올린 체크무늬 셔츠 아래 드러난 팔뚝은 굵고 튼튼했다. 목덜미까지 내려오는 다소 긴 곱슬 머리카락, 햇볕에 그을린 갈색 피부, 사각으로 도드라진 턱, 씨름이나 선술집 주먹질에서 힘을 깨나 쓸

듯한 분위기였다. 간호사는 두려움을 느낄 수밖에 없었다.

"우리가 사기를 칠 이유가 있습니까? 지금껏 제가 그런 적이 있었나요?"

그러나 나는 움츠러들지 않고 담담하게 말했다. 그런 상황에서 늘 그렇듯 가슴을 쫙 펴고 어깨에 힘을 준 자세로 사내를 내려봤다. 기세에 꺾이지 않고 당당하게 맞서는 것이 물리력에 자존감을 의존하는 이들, 툭하면 완력을 행사할 것처럼 위협하는 무리를 효과적으로 제압하는 방법이다.

"그러면 왜 아무 느낌이 없십니까? 아무 느낌이 없심다."

그가 '없습니다' 대신 '없심다'를 사용하는 것은 '아무'를 지나치게 길게 발음하는 것처럼 자신의 불만을 드러내는 독특한 방법이다. 그 반응에 나는 침대 곁에 있는 트레이(준비한 약물과 주사를 담는 쟁반)에서 유리 앰플을 집었다. 안정제가 담긴 앰플은 이미 개봉되어 안에는 내용물이 남아있지 않았다. 나는 비어버린 앰플을 그의 눈앞에서 흔들었다.

"우리 간호사가 안정제가 든 앰플을 보여드리고 바로 개봉해서 투여하지 않았습니까? 그러니 사기는 있을 수 없습니다. 직접 확인하셨잖아요?"

그러자 그는 멈칫했으나 곧 기세등등한 태도를 회복했다.

"그래도 아무 느낌이 없심다. 나는 하나로 안 된다니까! 앰플 셋은 까야 느낌이 온다고요!"

그러나 이미 그의 말은 조금 느려졌고 발음이 약간 흐려졌다. 안정제의 효과가 나타난 것이다. 그가 절대 잠이 들지 않겠노라 결연하게 버티지 않는 이상, 앰플 셋을 맞고야 말겠다고, 적어도 하나는 더 맞겠다며 단호하게 버티지 않는 이상 곧 평온이 찾아올 것이다.

"그럼 일단 한 번 더 투여하겠습니다."

나의 눈짓과 함께 간호사가 미리 약물을 채워둔 주사기를 가져왔다. 미스터 안정제는 졸음이 몰려와 흐릿한 눈빛으로 주사기에 찬 액체의 색깔을 확인했다. 안정제 특유의 약간 노란 색깔을 확인한 것이다.

"그럼 투여하세요."

간호사는 고개를 끄덕이고 정맥 주사에 주사기를 연결해서 천천히 투여했다. 미스터 안정제는 정맥 주사가 꽂힌 혈관 주변에서 느껴지는 뻐근함에 만족스러운 표정으로 잠들었다.

두 번째 주사기에 채운 액체는 안정제가 아니었다. 식염수에 비타민을 섞어 안정제와 비슷한 색깔을 만들었을 뿐이다. 또 몇몇 종류의 비타민은 충분히 희석하지 않으면 정맥에 주사할 때 통증이 있다. 공교롭게도 그 통증은 안정제를 충분히 희석하지 않고 정맥으로 투여할 때 발생하는 통증과 매우 비슷하다. '사기 치는 것이 아니냐?'는 그의 의심이 완전히 터무니없는 것은 아니었다. 그러나 내가 비타민을 투여하면서까지 그를 속인 이유는, 그가 중독자였기 때문이다.

미스터 안정제는 레지던트 수련을 마치고 대학병원을 떠나 새로운 병원에서 전문의로 진료를 시작했을 때, 처음 마주한 중독자였다. 대학병원 응급실에는 악질적인 중독자가 흔하지 않아 레지던트 시절에는 미스터 안정제 같은 사람을 자주 접하지 못했다. 중독자에게 대학병원 응급실은 매력적인 곳이 아니기 때문이다. 안정제를 투여할 때까지 절차도 길고, 아예 투여받지 못할 가능성도 있기 때문이다. 그런 상황에서 의료진을 위협하고 난폭하게 행동하면 경비 직원이 조치하거나 때로는 경찰도 출동한다. 반면 중소 병원 응급실은 조금만 난폭하게 위협하면 순순히 안정제를 처방한다. 경비 직원이 상주하지 않는 작은 응급실이 많고, 응급실 전담 의사는 귀찮고 복잡한 일에 휘말리려 하지 않는다. 심지어 병원 경영진이 '안정제를 투여하고 진료 수익을 올려라' 지시하는 사례도 드물게 존재한다. 그러니 대학병원보다 중소 병원 응급실을 전전하는 것이 안정제나 마약성 진통제에 중독된 중독자에게는 매우 합리적인 선택이다.

미스터 안정제는 나보다 응급실 선배에 해당했다. 내가 근무를 시작하기 3~4년 전부터 응급실에 출몰한 그는 '안정제 세 앰플을 희석하지 말고 정맥에 주사하라'고 요구했다. 그 요구만으로도 중독자가 확실했다. 자살 충동, 극심한 불안 같은 문제를 해결하고자 안정제를 찾는 것이 아니라, 많은 양의 안정제를 투여했을 때 느껴지는 짜릿함이 목적인 경우에 '안정제 세 앰플을 희석하지 말고 정맥에 주사하라'고 요구하기 때문이다.

미스터 안정제도 처음부터 중독자는 아니었을 것이다. 비싼 외제차를 몰고 많은 현금을 자랑하며 주점, 카페, 폐기물 처리장처럼 합법적인 업체를 경영하는 사업가로 행동하지만 실제로는 건달과 양아치의 경계에 있는 이라 중독에 매우 취약했다. 실체가 분명하지 않은 힘을 자랑하며 대단한 거물인 것처럼, 누구에게도 꺾이지 않는 마초인 것처럼 거들먹거리는 사람일수록 그 정신은 매우 불안정하다. 그들은 조그마한 스트레스도 견디지 못하기 마련이라 갖가지 불안에 시달리고 술, 마약, 안정제 같은 약물에 아주 쉽게 중독된다.

어쨌거나 이미 중독이 진행된 상태로 응급실에 나타난 미스터 안정제는 여느 중독자가 그렇듯, 처음에는 비교적 공손했다. 반달 혹은 양아치라 불리는 부류는 흔히 건실한 사업가를 흉내 내며 의료진에게도 깍듯했다. 그래서 당시 근무하던 응급실 전담 의사는 미스터 안정제를 크게 의심하지 않고 안정제를 처방했을 것이다. 시간이 흐르면서 안정제를 희석하지 말고 정맥에 주사하라고 요구하더니 그다음에는 앰플 하나에 만족하지 않았다. 앰플 두 개를 요구했고 응급실 전담 의사가 거절하자 거친 욕설과 함께 본색을 드러냈다. 그 시기는 2000년대 중후반이라 그 무렵에는 환자와 보호자가 의료진을 위협하고 심지어 폭행해도 처벌받는 일이 드물었다. 심지어 출동한 경찰관이 '오죽하면 환자와 보호자가 난동을 부리겠느냐!'며 가해자의 편을 들어 피해자를 꾸중하는 일도 빈번했다. 더구나 경찰은 마약성 진통제라면 모를까, 안정제 중독에는 아예 관심이 없었다. '환자가 불안하다고 하면 안정제를 줘야 하지 않소?'가 그 무렵 경찰관이 지닌 인식이었다. 그러다 보니 미스터 안정제가 요구하는 안정제의 양은 점점 증가했다. 앰플 두 개로도 만족하지 못해 앰플 세 개를 희석하지 않고 한 번에 주사해야 했다. 때로는 잔뜩 술에 취한 상태로 나타나 '안정제 앰플 셋을 희석하지 말고 한 번에!'란 주문을 외쳤다. 의료진이 위험하다며 만류하면 '모두 죽여버리겠다!'며 행패를 부렸다. 그래서 내가 근무를 시작할 무렵, 미스터 안정제는 최악의 블랙리스트였다.

미스터 안정제를 마주한 나는 일단 안정제의 용량을 줄이기로 마음먹었다. 다만 중독자는 의료진의 지시에 순순히 따르지 않아 어쩔 수 없이 속여야 했다. 정신과 의사와 상담하도록 추진하는 것이 가장 교과서적인 해법이나 현실적으로 가능하지 않았다. 그런데 미스터 안정제를 속이는 것도 만만한 일이 아니었다. 중독자는 적어도 자신이 갈망하는 약물에 대해서는 매우 용의주도하며 의심도 많다. 미스터 안정제는 자신의 눈앞에서 앰플을 개봉하여 주사하지 않으면 폭력을 행사했다.

그러나 지나치게 자신만만하면 오히려 그 부분이 약점이기 마련이다. 미스터 안정제가 앰플 셋을 요구하는 이유는 짜릿함 때문이라 사실은 앰플 하나에도 일정 시간이 흐르면 몽롱해졌다. 그러니 첫 번째 앰플은 평소처럼 미스터 안정제의 눈앞에서 개봉하여 주사하나 두 번째 앰플을 요구하면 그의 의식이 다소 흐려질 때까지 최대한 시간을 끈 다음, 비타민을 주사용 생리식염수에 약간 희석하여 만든 가짜 안정제를 투여했다. 응급실 간호사 대부분이 처음에는 '그러다가 미스터 안정제가 주먹이라도 휘두르면 어떡해요'라며 걱정했으나 다행히 이 계획은 효과가 있었다. 시간이 흐르면서 미스터 안정제는 적어도 내가 근무할 때, '앰플 셋을 희석하지 말고 한 번에!'

라고 외치지 않았다. 물론 약간의 틈만 있어도 폭력을 행사할 듯 거칠게 행동하며 앰플 셋을 희석하지 말고 한 번에 투여하라 졸랐다. 그러나 미스터 안정제처럼 물리력에서 자존감을 찾는 사람은 자신의 물리력으로 제압하기 힘든 존재에게는 의외로 유화적이다.

그럼에도 미스터 안정제의 중독은 조금도 나아지지 않았다. 우리 응급실에서 투여한 안정제에 만족하지 못하고 인근의 다른 응급실을 찾았기 때문이다. 마약성 진통제든, 안정제든 약물에 중독된 사람에게 쉽게 발견할 수 있는 현상으로 그들 대부분은 소위 '응급실 투어'에 익숙하다. 지방 도시에 자리한 조그마한 응급실도 시간이 흐르면 그들이 원하는 만큼 약물을 처방하지 않는다. 정확히 말하면 이제 응급실 한 곳에서 투여하는 양으로는 만족할 수 없을 만큼 중독이 깊어져서 하룻밤에도 서너 곳의 응급실을 방문하는 상황이 도래한 것이다. 그러다가 블랙리스트에 오르면 아예 인근 도시의 새로운 응급실을 찾기도 한다.

미스터 안정제 역시 그런 상황에 이르렀다. 그는 이 도시의 응급실에서 투여하는 안정제로는 만족할 수 없어 밤마다 인근 도시로 향했다.

그런데 그런 행동에는 아주 심각한 위험이 있었다. 안정제 중독은 당연히 위험할 수밖에 없고 그런 식의 행위는 언젠가는 자살 같은 극단으로 치달을 가능성이 크다. 그 외에도 매우 가까운 곳에 죽음을 부르는 위험이 도사렸다. 미스터 안정제는 안정제를 투여한 상태로 직접 운전을 해 인근의 응급실로 향했기 때문이다.

나는 그런 위험에 대비해 항상 경고했다. 직접 운전해서 떠나는 것을 목격하면 앞으로 다시는 안정제를 투여할 수 없다고 딱 잘라 말했다. 경찰이 중독에 대해서는 마약성 진통제가 아니라 안정제이니 관심을 보이지 않겠으나 안정제를 투여한 상태로 운전하는 것에는 분명히 흥미가 있을 것이라 넌지시 협박(?)도 했다. 음주운전만 해도 어떻게 해서든 적발하려고 노력하는데 안정제에 취한 상태로 운전하는 것은 말해서 무엇하겠느냐는 위협이 꽤 효과가 있었다. 그래서 적어도 우리 응급실을 찾을 때면 택시를 타고 와서 택시를 타고 사라졌다.

그가 정말로 안정제를 투여한 상태에서는 운전대를 잡지 않을 것이라 기대하지는 않았다. 여느 중독자처럼, 또 양아치와 반달의 삶을 사는 다른 이들처럼 그도 거짓으로 눈앞의 상황만을 모면하기 때문이다.

그런데 어느 날, 미스터 안정제가 사라졌다. 문득 기록을 뒤져 보니 벌써 6개월 이상 응급실을 방문하지 않은 상황이었다. 미스터 안정제 같은 중독자가 응급실에 걸음을 끊는 상황은 셋뿐이다. 교도소에 갇혔거나, 크게 다쳐 병원에 입원했거나, 아니면 사망했거나.

미스터 안정제가 응급실에 발길을 끊은 지 6개월을 훌쩍 넘어 거의 1년에 다다를 무렵, 우연히 그의 사망 소식을 들었다. 우려했던 것처럼 그는 우리 응급실에서 안정제를 충분히 주지 않자 인근의 다른 응급실을 찾았다. 그러나 그것으로도 만족하지 못해 직접 운전대를 잡았다가 큰 사고를 만들었다. 그 사고에서 다른 희생자는 없었으나 안타깝게도 그는 사고로 인한 부상에서 회복하지 못했다.

미스터 안정제가 조금씩 잊혀갈 때, 우리 응급실을 찾던 중독자 대부분을 해결할 수 있었다. 마약성 진통제에 중독된 사람은 마약성 진통제 대신 안정제를 투여하고 안정제에 중독된 사람은 용량과 횟수를 줄이며, 새롭게 응급실을 찾아 막무가내로 안정제 혹은 마약성 진통제를 요구하는 사람에게는 정신과 외래를 비롯하여 적절한 진료를 연결하는 방식으로 어떻게든 중독자를 줄이려던 몇 년의 노력이 마침내 결실을 거두었다. 물론 그 과정은 만만치 않았다. '죽여버리겠다', '밤길을 조심하라' 같은 말은 일상적인 위협에 해당했다. 안정제와 마약성 진통제를 주지 않는다는 이유로 보건소에 민원을 넣거나 병원 총무팀을 찾아 격렬하게 항의하는 사람도 적지 않았다. 때로는 동료 응급실 전담 의사가 환자의 위협에 안정제와 마약성 진통제를 처방해서 공든 탑이 무너지기도 했으나, 그럼에도 포기할 수 없었다.

최근 미국에서는 대표적인 마약성 진통제인 옥시콘틴(oxycontin)을 생산한 제약 회사가 소송에 패배하여 벌금을 물거나 엄청난 금액에 합의하는 사례가 이어지고 있다. 마약성 진통제와 안정제처럼 합법적으로 처방할 수 있는 중독성 약물의 남용이 아주 심각한 상황에 이르렀다는 증거다. 한국은 미국과 비교했을 때 마약성 진통제와 안정제의 남용이 심각하지 않으나 중소 병원 응급실, 1차 의료기관 외래를 통해서 비교적 쉽게 해당 약물을 처방받을 수 있는 현실을 생각하면 조금만 방심해도 가까운 미래에 미스터 안정제 같은 사람을 응급실이 아닌 거리에서 마주할지도 모른다.

고양이를 키우는 남자

노란색, 녹색 혹은 파란색 눈동자가 바라본다. 눈동자 가운데에는 세로로 찢어진 폭이 넓지 않은 타원이 있다. 한참 바라봐도 그 눈동자에서 감정을 읽기 어렵다. 나머지 얼굴과 몸 전체를 살펴봐도 마찬가지다. 낮게 웅크린 몸통, 탄력이 느껴지는 유연한 다리에서 다음 행동을 예측하기는 어렵다. 기분 좋게 그르렁거리는 소리와 함께 등을 비비며 친근하게 장난을 걸어올 수도 있으나 날카로운 이빨로 위협하며 울부짖고 숨겨 두었던 발톱을 드러내어 공격할 수도 있다. 그렇다. 고양이는 정말 예측하기 힘든 동물이다.

아마도 그런 부분이 고양이와 마주할 때 느끼는 막연한 공포의 원인일 것이다. 고양이는 개와 더불어 널리 사랑받는 반려동물이다. 그러나 고양이는 적지 않은 사람에게 막연한 공포를 일으킨다. 고양이를 공포의 대상으로 묘사하는 전설과 괴담은 많지만, 개가 등장하는 사례는 드물다. 그리스 신화에 지옥을 지키는 마견(魔犬) 케르베로스가 등장하나 엄밀히 따지면 지옥을 지키는 임무를 띤, 길들여진 존재에 해당한다. 예측할 수 없는 포식자가 아닌 누군가에게는 충성하는 길들여진 가축에 불과한 것이다.

그렇다면 고양이는 왜 예측하기 힘들까? 아마도 개와 고양이, 두 동물이 인류와 보낸 시간과 함께 살아가는 방식의 차이 때문일 것이다. 개가 야생에서 분리되어 인간과 함께 생활하며 길들여진 시간이 최소 수만 년에 이르는 것과 비교하여 고양이가 인간의 곁에서 살기 시작한 것은 겨우 5천 년에서 1만 년을 헤아린다. 또 개는 사냥의 조력자나 외부의 침입을 경계하는 파수꾼으로 활용되나 고양이에게는 그런 실질적 쓰임새가 없다. 고양이는 고대 이집트에서처럼 종교적 의미를 지니거나 사치스럽고 과시적인 쓰임새가 있는 존재에 불과했다. 그리하여 개는 단순한 가축이 아니라 우리 가운데 하나, 무리의 구성원으로 받아들여졌고 인간에게 전적으로 의존하는 동물이 되었다. 그래서 개는 사냥과 추적처럼 인간이 허락했을 때만 포식자의 본능을 드러낸다. 그러나 고양이는 다르다. 인간은 고양이를 무리의 구성원으로 꼭 받아들이겠다는 욕망이 없었고 고양이 역시 인간에게 온전히 의존하지 않았다. 그래서 집 고양이조차 절반은 인간의 세계에, 나머지 절반은 야생의 세계에 걸쳐 있을 때가 많고 어떤 경우에도 포식자의 본능을 버리지 않는다. 개는 훈련을 통해 포식자의 본능을 인간이 허락하는 순간과 허락하는 대상에만 발휘하도록 통제할 수 있으나 고양이에게는 그런 통제가 불가능하다.

이런 차이 때문에 우리는 어둠 가운데에서 고양이의 눈을 마주하면 막연한 공포를 느낀다. 반려동물로 키우는 고양이조차 포식자의 눈빛을 지녔고 인류는 선사시대부터 그런 포식자의 눈빛을 경계하며 살았기 때문이다. 반면에 반려동물로 키우는 개와 어둠 가운데서 눈을 마주하면 포식자의 눈빛이 아니라 '외부의 침입을 경계하는 눈빛에 평온을 느낀다.

하지만 현대사회에서 그런 차이는 점차 희미해지고 있다. 또 개인의 성향에 따라 개보다 고양이를 좋아하며 어떤 경우에도 포기하지 못하는 사람이 제법 많다. 심지어 고양이와 함께 하는 삶이 목숨을 위협한다 하더라도.

응급실 문을 거칠게 두들기는 소리가 들렸다(무분별한 출입을 통제하기 위해 응급실 문은 내부에서 스위치를 누르거나 환자와 보호자에게 발급한 카드를 바코드 판독기에 읽혀야 열림). 환자 여부를 확인할 틈도 없이 자동문을 힘으로 여는 둔탁한 소리가 들렸다. 당황한 행정 직원이 스위치를 누르자 강제로 반쯤 열렸던 문이 부드럽게 완전히 열렸다. 그러자 70대로 보이는 남자가 응급실로 다급하게 뛰어들었다.

"어서, 어서, 어서 속이 내려가는 약을 주시오!"

그는 응급실 침대에 털썩 앉으며 다급하게 말했다. 얼굴은 검붉었으나 입술은 약간 푸른 빛을 띠었고 호흡 근육을 전부 동원해서 가슴을 짜내듯 숨 쉬는 것으로 미루어 심각한 호흡 곤란일 가능성이 컸다. 청진 결과 양쪽 폐음(lung sound, 인간은 정상적으로 분당 12회 가량 호흡하며 청진하면 공기가 드나드는 부드럽고 경쾌한 소리가 들림)이 거의 들리지 않을 정도였고 센서로 측정한 산소포화도가 80%였다. 다행히 혈압과 체온은 정상 범위여서 일단 마스크를 이용하여 고농도 산소를 공급했다. 그러면서 전산 시스템에 등록하여 이전 의무 기록을 살펴봤는데 협심증으로 심장내과에서 치료받는 것 외에 특별한 병력은 없었다.

'호흡 곤란'이라면 다들 폐 질환을 떠올린다. 그러나 적지 않은 사례에서 심장 질환이 호흡 곤란의 원인이다. 과거에는 '심장성 천식'이라 부른 질환으로, 혈액을 신체 구석구석으로 보내는 펌프인 심장의 기능이 약화하면 폐에 습기가 차는 폐부종(pulmonary edema)이 발생하는데 이 경우에도 일반적인 천식과 유사하게 심한 호흡 곤란과 함께 폐음이 감소하거나 쌕쌕거리는 천명음(wheezing)이 들린다. 의무 기록 결과 천식이나 만성 폐쇄성폐질환(chronic obstructive lung disease, 천식과 증상은 거의 같고 치료법도 비슷하지만 천식은 선천성 질환이며 만성 폐쇄성폐질환은 흡연과 결핵 같은 후천성 요인으로 폐가 손상되어 발생)은 없었고 흡연자도 아니었다. 그러니 협심증이 있는 것을 감안하면 심장 문제로 인한 폐부종을 감별해야 했다. 다만 심전도에서 급성 심근경색을 의심할 만한 변화는 확인되지 않아 흉부 X-ray와 CT를 시행했다. 그런데 흉부 X-ray와 CT에도 별다른 이상이 없었다. 폐부종이나 흉수(pleural effusion)는 없고 아예 폐 질환을 의심할 만한 변화 자체가 없었다.

약간 당혹스러웠으나 천식과 만성 폐쇄성폐질환에 준하여 기관지 확장제 분무기(nebulizer) 치료를 시작하고 정맥 주사로 소량의 스테로이드를 투여했다. 분무기 치료가 끝나자 호흡 곤란은 한층 좋아졌다. 양쪽 폐에 천명음이 남아있으나 폐음 자체가 들리지 않던 것에 비하면 확연한 호전이었다.

"내가 말이야. 췌장과 위가 막히는 증상이 있어. 그것 때문에 나타난 호흡 곤란이야. 그러니 어서 빨리 위장약을 투여해 줘.”

호흡 곤란이 호전되어 산소 투여 방법을 마스크에서 비강 카테터(catheter)로 바꾸자 남자는 속사포처럼 말했다.

“췌장과 위가 막혀서 호흡 곤란이 발생하기는 어렵습니다. 어디서 그런 진단을 받았습니까?”

췌장과 위가 막혀 호흡 곤란이 발생하는 경우는 없다. ‘췌장이 막히는 질병’ 자체가 무엇인지 의문스러웠다.

“그렇다니까! 어서 췌장과 위가 뻥 뚫리는 약을 투여해.”

도무지 무슨 말인지 이해할 수 없었다. 그래서 남자의 의무 기록을 한층 자세히 살펴봤다. 심장내과 기록뿐만 아니라 다른 임상과에서 진료한 기록까지 모두 살펴봤는데 몇 년 전 소화기내과에서 진료한 기록이 있었다. ‘속이 답답하고 음식이 잘 넘어가지 않는다’라고 호소하여 위 내시경을 시행했는데 기록이 상세하지 않았다. 정확한 상황까지 알 수 없었으나 최종 진단은 ‘호산구침착성식도염’이었다. 그리고 향후 치료 계획에는 ‘인근 대학병원 전원’이라 기록되어 있었다. 그런데 호산구침착성식도염은 일반적으로 대학병원 전원이 필요한 질환이 아니다. 남자의 흉부 CT를 폐가 아니라 식도(esophagus)를 중심으로 다시 살펴보았다. CT는 식도 표면을 자세히 확인할 수 있는 검사가 아님에도 식도의 여러 곳이 불규칙하게 부어오른 상태였다.

"위장에서 음식이 안 내려가서 한 달 넘게 밥을 제대로 못 먹었어! 그래서 숨이 찬 거라고! 어서 췌장과 위장이 뻥 내려가는 약부터 투여해 달라니까!"

심한 호흡 곤란에서 벗어난 남자는 계속 자신의 주장을 펼쳤지만 어디까지나 남자의 주장에 불과했다. 한 달 넘게 밥을 먹지 못해서 혹은 췌장과 위장이 막혀 호흡 곤란이 나타난 것은 아니었다. 그렇다고 환자에게 만성 폐 질환이 있는 것도 아니었다. 앞서 확인했듯 심부전으로 인한 폐부종도 아니었다. 물론 따지고 보면 한 달 넘게 밥을 제대로 먹지 못한 것과 호흡 곤란이 완전히 관계없는 문제는 아니었다. 두 증상의 원인이 동일할 가능성이 컸다.

"예전에 우리 병원 소화기내과에서 내시경 하셨죠? 그다음에는 대학병원으로 가서 더 검사했고요."

그러자 남자는 고개를 끄덕였다.

"그랬어! 여기서 뭔지 모른다고 해서 대학병원으로 갔어! 뭐, 그건 다 나았어. 약도 안 먹은 지 오래됐어. 그 약이 스테로이드인가 뭔가 독하더라고."

남자는 대학병원까지 가서 진료한 기억이 떠올라 억울한 듯 말했다. 그러나 나는 개의치 않고 질문을 계속했다.

"대학병원에서 알레르기 검사했죠? 알레르기 항원 검사라고도 하는데 분명히 그 검사했을 거예요. 그래, 그 검사에서 무엇에 알레르기가 있다고 하던가요?"

그 질문에 남자는 약간 당황한 듯했다. 그는 겸연쩍은 표정으로 소리쳤다.

"의사가 검사도 아니고 왜 이렇게 물어! 뭐, 그래, 고양이라고 했어. 고양이 털 알레르기라고."

역시. 개나 고양이에 대한 알레르기일 것이라 생각했다. 나는 씁쓸한 미소를 머금은 표정으로 결정적인 질문을 던졌다.

"아저씨, 고양이 키우죠? 맞죠?"

남자의 표정이 굳어졌다. 화난 것과 달랐다. 나쁜 짓을 하다 들킨 아이 같은 표정이었다.

"병원에 와서 의사한테 거짓말하면 환자 손해입니다. 그리고 오늘도 조금만 늦게 병원에 왔으면 돌아가실 뻔했습니다. 119구급대도 부르지 않고 택시를 타고 오신 것 같은데 그러다가 의식 잃고 넘어가면 사망한 상태로 응급실에 도착할 수도 있습니다. 도착 당시 사망, 무시무시한 단어죠. 그러니 거짓말하지 말고 솔직히 말씀하세요. 고양이 키우죠?"

남자는 마지못해 고개를 끄덕였다.

백혈구는 대략 호중성구(neutrophil), 림프구(lymphocyte), 단

핵구(monocyte), 호산구(eosinophil)로 나누어진다. 각 혈구의 비율은 일정해서 비율의 변화는 질병을 의미할 때가 많다. 호중성구가 지나치게 증가하면 세균 감염 가능성이 크고 바이러스 감염이 있으면 림프구가 증가하며 결핵에 걸리면 단핵구가 증가할 때가 많다. 그리고 호산구가 증가하면 기생충 감염 혹은 알레르기 질환 가능성이 크다.

그래서 남자의 호산구침착성식도염은 알레르기 질환일 가능성이 컸다. 우리 병원 소화기내과에서 시행한 검사 결과 기생충 감염은 확인되지 않았기 때문이다. 기생충 감염이 아니라면 알레르기 질환을 감별해야 하는데 소화기내과 담당 의사는 진료 의뢰서를 작성해서 남자를 대학병원으로 보냈다. 호산구침착성식도염이 일반적으로 대학병원 진료가 필요한 질환이 아닌 것을 생각하면 진료 의뢰의 이유는 의학적 문제가 아닐 수도 있었다. 환자가 자신의 주장을 고집하며 중소 병원 의사의 진단과 치료 계획을 따르지 않는 것이 그런 문제에 해당하는데 그때 '대학병원 교수'란 권위가 효과를 발휘하는 사례가 종종 있다. 우리 병원 소화기내과 담당 의사 역시 그런 바람에서 남자를 대학병원으로 보냈을 가능성이 컸다. 물론 대학병원 교수의 권위도 남자에게는 효과를 발휘하지 못했다.

대학병원에서 알레르기 항원 검사(어떤 물질에 알레르기가 있는지 확인하는 검사)를 통해 고양이 털 알레르기임을 밝혀냈으나 남자가 고양이를 포기하지 않았기 때문이다. 아마 우리 병원 소화기내과 담당 의사도 문진을 통해 알레르기 원인이 고양이란 것을 추측했을 것이다. 그러나 '고양이를 키우지 않는 것이 좋다'는 권유를 남자는 무시했고 앞서 말했듯 대학병원 교수의 권위가 효과 있길 바라면서 진료 의뢰서를 작성했을 것이다. 하지만 대학병원에서 검사를 통해 고양이 털이 알레르기 원인인 것을 밝힌 후에도 남자는 키우던 고양이를 포기하지 않았다. 알레르기 원인에 노출될수록 점점 심각한 증상이 나타나는 사례가 많아 피부 발진과 호산구침착성식도염으로 시작한 증상은 점차 알레르기성 천식으로 발전했고 급기야 심한 호흡 곤란이 발생하여 우리 병원 응급실을 찾은 상황이었다.

수수께끼가 풀리자 응급실 진료는 수월하게 진행됐다. 기관지 확장제 분무기 치료와 스테로이드의 정맥 투여로 증상은 크게 호전되었다. 내과 당직 의사를 호출해서 남자를 인계하면 응급의학과 의사의 일은 일단락된다. 그러나 전체적인 진료의 관점에서 바라보면 기관지 확장제 분무기 치료, 스테로이드의 정맥 투여 모두 그때의 증상만 해결하는 것에 불과하다. 질환을 확실히 치료하기 위해서는 남자와 알레르기 원인을 분리해야 했다. 쉽게 말해 고양이를 포기하도록 설득해야 했다.

그러나 설득은 쉽지 않았다. 고양이를 키우지 말라는 말에 남자는 펄쩍 뛰었다.

"치료나 할 것이지, 왜 남의 일에 참견이야! 남이사 고양이를 키우든, 구렁이를 키우든 무슨 상관이야!"

그제야 남자의 상황을 알아차렸다. 그에게는 가족이 없었다. 홀로 살고 있을 뿐만 아니라 교류하는 가족이 없었다. 문서와 서류에는 분명히 가족이 있으나 서로 교류하며 돌봐 주는 진정한 의미의 가족은 존재하지 않았다. 그러니 남자에게는 고양이가 아내와 자식이며 친구였다. 그래서 고양이와 함께 하는 생활이 그의 생명을 위협해도 포기하지 못했다.

대부분 인간은 나이가 들수록 가족과 친구가 줄어드는 상황을 마주한다. 점차 증가하는 외로움이 삶을 좀먹기 시작한다. 그래서 적지 않은 사람이 개와 고양이 같은 반려동물에 의지한다. 70대에 접어든 외로운 남자에게 자신이 키우는 고양이는 아주 친한 친구 혹은 가족의 의미를 지닐 것이다. 물론 40대인 나는 70대의 마음을 어느 정도 헤아릴 수 있을 뿐, 온전히 이해할 수 없다. 젊음의 절정을 즐기는 20대가 중년에 접어든 40대의 불안을 이해할 수 없듯, 나 역시 70대 노년이 지닌 외로움과 반려동물에 대한 애착을 완전히 알기는 어렵다.

그래도 의사는 환자를 설득해야 한다. 그런 측면에서 남자를 입원시킨 내과 당직 의사의 고민은 작지 않았을 것이다. 그는 어떻게 남자를 설득했을까? '앞으로 고양이를 키우면 호흡곤란으로 쓰러질 수도 있습니다, 그러다가 늦게 발견되면 그걸로 저승길입니다. 아시겠어요?' 같은 고리타분하고 딱딱한 방법을 사용했을까? 아니면 '고양이 알레르기가 있으니 차라리 개를 키우는 것이 어떻습니까?'란 조금 참신한 방법을 사용했을까? 물론 고양이 알레르기가 있으니 개 알레르기가 없으리라 확신할 수는 없다.

다행히 남자는 무사히 퇴원했고 그 후에는 응급실을 찾지 않았다. 부디 남자와 그가 키우던 고양이, 모두에게 행복한 해결책이 있었기를 바랄 뿐이다.

고지식한 칼잡이

언뜻 환자의 증상은 대수롭지 않아 보였다. 아침부터 배가 아팠고 인근 의원에서 '장염 같다'는 진단을 받았다고 했다. 그러나 통증이 완전히 사라지지 않아 응급실을 찾았는데 체온이 38도인 것을 제외하면 혈압, 맥박, 호흡수 모두 정상 범위였다. 구토와 설사는 없었고 이학적 검사(physical examination, 의사가 눈으로 보거나 손으로 직접 만지는 검사, 초기 진찰에서 매우 중요한 과정)에서 명치 부분에 통증과 경미한 압통이 확인되었으나 오른쪽 윗배 통증이나 오른쪽 아랫배 통증은 없었다. 담낭염(acute cholecystitis, 쓸개의 염증)과 담관염(acute cholangitis)은 오른쪽 윗배 통증이 전형적인 증상인데, 때로 발열과 함께 심한 명치 통증과 압통만 나타난다. 하지만 환자의 명치 통증과 압통은 둘 다 경미했다. 따라서 대수롭지 않은 장염이나 위장 장애라 생각할 수 있으나 발열이 동반되어 찜찜했다.

그런 상황에서 가능한 선택은 두 가지다. 첫 번째는 혈액 검사를 시행하고 결과에 이상이 있으면 복부 CT를 처방하는 방법이다. 두 번째는 바로 복부 CT를 시행해서 명치 통증과 발열을 일으킬 만한 병변이 있는지 확인하는 방법이다. 그런데 심각한 질환이라도 초기의 혈액 검사는 정상 범위일 때가 적지 않다. 그러니 '혈액 검사가 정상이라 괜찮다'는 생각은 위험하다. 복부 CT 시행을 결정했다.

"없이 사는 살림이라 CT는 안 됩니다."

그런데 환자와 보호자는 CT를 완강히 거부했다. 그런 경우 복부 CT에서 별다른 이상이 발견되지 않으면 곤란한 상황이 발생한다. '처음부터 이럴 줄 알았다', '병원이 돈독이 올라 쓸데없는 CT를 찍었다', '의사란 사람이 환자를 상대로 장사하는 거냐'는 등의 비난에 직면할 가능성이 크기 때문이다. 복부 CT에서 별다른 이상이 관찰되지 않는 것은 정말 다행이고 축하할 일인데 오히려 의사가 궁지에 몰리는 기묘한 상황이다. 그럼에도 나는 복부 CT를 밀고 나갔다.

"환자분 그리고 보호자분, 형편이 어렵고 복부 CT 비용이 부담되는 것은 충분히 이해합니다. 그러나 복부 CT에 수백만 원, 수천만 원이 필요하지는 않습니다. 또 죽고 나면 돈은 아무 의미가 없습니다. 죽은 사람에게는 돈이 필요하지 않으니까요. 지금 상황은 복부 CT를 시행하는 것이 맞습니다."

환자와 보호자는 여전히 어두운 표정으로 말이 없었다. 그래서 다음과 같이 덧붙였다.

"제게 검사를 강제할 권한은 없습니다. 검사를 받지 않겠다는 것은 환자와 보호자가 선택할 사항이죠. 다만 환자와 보호자는 의료인이 아닌 만큼 제게는 복부 CT가 필요한 이유를 설명할 의무가 있습니다. 그런 설명과 권유에도 복부 CT를 찍지 않겠다면 저의 의학적 판단을 따르지 않는 것입니다. 그래서 생기는 문제에 대해서는 저와 병원에게 책임을 물으시면 안 됩니다. 쉽게 말해 심각한 문제가 있는데 복부 CT를 찍지 않아 치료 시기를 놓쳐 사망해도 의료진에게 책임을 묻지 않겠다는 서류를 작성해야 합니다. 그럴 필요까지 있겠습니까?"

환자와 보호자는 마지못해 복부 CT에 동의했다. 그러나 여전히 마음에 들지 않는 표정이었다.

20분 후, 환자는 CT 촬영을 마치고 응급실로 돌아왔고 나는 진료용 컴퓨터 앞에서 영상을 확인했다. 일단 간과 쓸개,

담관에는 이상이 없었다. 양쪽 신장과 요관 모두 정상이고 복부 대동맥에도 문제가 없었다. 그러나 상장간막동맥(superior mesenteric artery)과 췌장(pancreas) 주변으로 심한 염증이 관찰되었고 아주 작은 공기 방울(free air)이 관찰되었다. 위장관 내부가 아니라 바깥에서 공기 방울이 관찰되는 것은 위장관이 찢어져 안에 있던 공기가 흘러나온 것을 의미한다. 상장간막동맥과 췌장 주위에 십이지장이 위치해서 자세히 살펴보니 십이지장 세 번째 부분에서 천공 가능성이 큰 병변이 보였다. 외상을 제외하면 위나 십이지장이 찢어지는 이유는 대부분 궤양 때문이다. 그러나 환자의 병변은 십이지장궤양으로 인한 천공(perforation d/t duodenal ulcer)이 아니라 게실염으로 인한 천공(perforation d/t duodenal diverticulitis)일 가능성이 컸다. 사실 천공 자체는 아주 작고 복막염도 막 시작하는 단계라 염증은 심하지 않았다. 수술도 십이지장 절제 없이 천공된 부위를 단순 봉합하는 것으로 충분할 듯했다. 다만 십이지장 세 번째 부분은 복강 아주 깊숙이 위치한다. 아울러 상장간막동맥, 대동맥, 췌장이 인접해서 주의가 필요하다. 따라서 대학병원이 아닌 경우 일반외과 의사가 '상급 병원으로 전원하세요'라고 얘기할 때가 많다. 그래서 급히 당직표를 확인했으나 익숙한 이름에 안도의 숨을 내쉬었다.

119구급대가 환자를 이송하기 전 연락하는 경우는 크게 두 가지다. 첫 번째는 심정지 혹은 심정지가 임박한 상태의 중환자를 이송하는 경우다. 이런 상황에서 응급실에 미리 연락하는 이유는 심폐소생술과 인공호흡기 치료가 원활히 진행되도록 돕기 위해서다. 두 번째는 급성 시력 손상이나 폐쇄 병동 입원 가능성이 큰 정신 질환처럼 안과, 정신과 등 비교적 특수한 진료가 필요해서 해당 임상과 진료가 가능한지 문의하는 경우다. 그런데 그날 119구급대의 연락은 조금 이상했다.

"갑작스레 왼쪽 옆구리 통증을 호소하는 환자입니다. 혈압과 체온은 정상이고 건강한 젊은 남자입니다. 왼쪽 옆구리 뒤쪽을 두드리면 통증이 심합니다. 비뇨기과 진료 가능합니까?"

젊고 건강한 성인에서 갑작스럽게 시작하는 옆구리 통증과 옆구리 뒤쪽을 두들기면 악화하는 양상은 요로결석(ureter stone, 요관결석이라고도 함)의 전형적인 증상이다. 사람의 양쪽 옆구리에는 신장(kidney)이 위치한다. 간단히 설명하면 신장의 주요 기능은 혈액의 노폐물을 걸러 수분과 함께 몸 밖으로 배출하는 것이다. 신장에서 생성된 노폐물이 섞인 수분, 소변은 방광에 저장되었다가 요도를 통해 몸 밖으로 배출되는데 양쪽 옆구리에 위치한 신장과 골반에 위치한 방광을 연결하는 통로가 요관(ureter)이다. 소변에 함유된 성분이 결정을 만들어 이 요관에 박히는 것이 요로 결석인데 생명을 위협하는 질환은 아니지만, 극심한 통증을 동반한다. 결석의 크기가 작으면 저절로 배출되나 결석의 크기가 크면 체외충격파쇄석술(ESWL, extracorporeal shock wave lithotripsy)이 필요하다. '절대 생명을 위협하지는 않습니다만 죽을 만큼 아플 수는 있는 질환입니다'라는 설명이 어울리는 질환이다. 그러나 말했듯이 생명을 위협하지 않고 심각한 합병증을 동반하는 경우도 매우 드물어 야간 혹은 휴일 응급실에서 바로 체외충격파쇄석술이 가능하지는 않다.

"네, 수용 가능합니다. 다만 증상만으로는 요로결석을 확진할 수 없어 검사가 필요하고 또 요로결석으로 확진되어도 응급실에서 당장 쇄석술이 가능하지 않다는 것을 설명하시길 바랍니다."

원래 요로결석은 119구급대가 우리 병원 규모 응급실에 수용 가능 여부를 확인하는 질환이 아니다. 물론 별다른 이유 없이 문의했을 수도 있으나 환자가 '요로결석이니 검사는 필요 없고 약만 주는 곳으로 보내 달라' 혹은 '요로결석이니 지금 당장 쇄석술을 해달라' 같은 다소 비합리적인 요구를 했을 수도 있다. 그런 경우 119구급대원은 난감한 상황에 처할 수밖에 없는데 야간이나 휴일에 쇄석술이 가능한 응급실은 드물고, '검사는 필요 없으니 약만 달라'는 요구의 수용은 119구급대원이 결정할 수 있는 사안이 아니기 때문이다. 따라서 이 상황에서는 119구급대원이 응급실에 연락할 수밖에 없다. 다만 병원 의료진에게는 상황을 자세히 얘기하지 않을 때가 있다. 그래서 나중에야 환자가 '왜 검사를 해야 하느냐? 나는 분명히 구급차에서부터 약만 달라고 얘기했다' 혹은 '왜 당장 쇄석술을 하지 않느냐? 나는 쇄석술을 원한다고 말했다'라고 막무가내로 주장하는 상황이 발생할 수도 있다. 물론 119구급대원 가운데 그런 사람은 소수에 불과하지만 응급실에서는 혹시나 하는 상황까지도 생각해야 했다.

5분 후 응급실에 구급차가 도착했다. 구급대원의 연락처럼 환자는 젊고 건강한 남자였다. 체온, 혈압, 호흡수는 정상 범위였고 맥박은 분당 90~100회로 미세하게 빨랐으나 통증으로 인한 증상일 가능성이 있었다. 이학적 검사 역시 왼쪽 옆구리 통증과 왼쪽 늑골척추각압통(Lt. CVA tenderness, left Costo-Vertebral Angle tenderness, 왼쪽 옆구리 뒤편을 두들겼을 때 악화하는 통증) 외에는 특별한 이상이 없었다. 따라서 요로결석일 가능성이 컸고 이럴 때 의사가 세우는 계획은 크게 두 가지다.

첫 번째는 우선 수액과 진통제를 투여하고 혈액 검사와 소변 검사를 시행해서 결과를 기다리는 방법이다. 그렇게 기다려서 혈액 검사에 별다른 이상이 없고 소변 검사에서 적혈구(요로결석이면 소변에서 적혈구가 검출)가 확인되면 요로결석으로 진단하고 요로결석의 위치와 크기를 확인하기 위해 조영제를 사용하지 않는 복부 CT를 시행한다. 물론 혈액 검사에 이상이 있다면 조영제를 사용하는 복부 CT를 시행할 수도 있고 또 혈액 검사와 소변 검사에서 별다른 이상이 없다면 의사에 따라 비뇨기과 외래나 소화기내과 외래 진료를 지시하고 환자를 퇴원시키는 경우도 있다.

두 번째는 수액과 진통제를 투여하면서 바로 조영제를 사용하지 않는 복부 CT를 시행하는 방법이다. 조영제를 사용하지 않는 복부 CT라 신장 기능에 무리를 주지 않으므로 크레아티닌 수치를 확인하지 않고 바로 시행할 수 있어 빠른 시간 내에 요로 결석 여부를 확진할 수 있다. 만약 CT 결과 다른 문제가 확인되면 조영제를 투여하는 복부 CT를 추가로 시행해서 확인한다.

언뜻 첫 번째 방법이 합리적으로 보이나 사실은 최악의 상황(worst case scenario)을 고려하지 않은 선택이다. 젊고 건강한 남자라도 왼쪽 옆구리 통증과 왼쪽 늑골척추각압통이 꼭 요로결석이라 확신할 수 없다. 왼쪽 신장동맥 파열(left renal artery rupture)도 같은 증상을 호소하고, 드물지만 십이지장 주위 탈장(paraduodenal hernia, 내부 탈장의 일종으로 증상이 있으면 응급 수술 필요)도 비슷한 증상이 나타날 수 있다. 따라서 첫 번째 방법을 선택해서 일단 수액과 진통제를 투여하고 혈액 검사와 소변 검사의 결과를 기다리는 30분 혹은 1시간 정도 동안 환자의 상태가 급격히 악화할 가능성을 배제할 수 없다. 아울러 신장동맥 파열이라도 초기에는 혈액 검사에 별다른 이상이 확인되지 않을 수도 있다(신장동맥 파열은 심각한 내부 출혈을 동반하나 급성 출혈로 인해 혈액 검사에서 혈색소 감소가 확인되려면 출혈이 발생하고 1~2시간이 지나야 함, 출혈이 발생한 지 얼마 되지 않았다면 혈액 검사에서는 정상 수치가 나올 수 있음). 그래서 혈액 검사와 소변 검사 결과에 이상이 없다고 소화기내과 외래나 비뇨기과 외래로 환자를 보내면 재앙이 닥칠 수도 있다.

그래서 환자에게 진통제를 투여하고 바로 조영제를 사용하지 않는 복부 CT를 시행했다. 앞서 말했듯 조영제를 사용하지 않으니 신장 기능에 장애를 일으킬 가능성이 없고 신속하게 시행할 수 있어 요로결석이든 다른 이상이든 빨리 문제를 확인할 수 있기 때문이다.

그런데 복부 CT는 예상 외로, 최악의 상황(worst case scenario)에 해당했다. 신장은 양쪽 모두 이상이 없었다. 위, 소장, 대장에도 이상은 없었다. 간과 쓸개 그리고 췌장도 마찬가지로 정상이었다. 그러나 환자의 비장(spleen, 면역 기관으로 왼쪽 위쪽 배에 위치) 주변에서 큰 혈종(hematoma, 혈액 덩어리)이 확인되었고 횡경막과 간 사이 공간에도 상당량의 액체가 있었는데 역시 혈액일 가능성이 컸다. 그러니까 환자는 비장 손상으로 인한 혈복강(hemoperitoneum d/t spleen injury, 복강 내부에서 출혈이 발생하여 혈액이 고인 상황)에 해당했다.

간, 비장, 신장은 모두 혈액 공급량이 많은 장기라 파열되면 심각한 출혈이 발생한다. 그래서 손상을 받아도 다소 심각한 출혈이 발생하지 않도록 질긴 막(capsule)에 싸여 있다. 그렇기 때문에 장기를 감싸고 있는 질긴 막이 온전하면 생명을 위협하는 심각한 출혈은 발생하지 않고 약물 치료만으로 회복할 수 있다. 그러나 장기를 감싸고 있는 질긴 막까지 찢어지면 심각한 출혈이 발생하기 때문에 응급 수술이 필요하다.

환자는 안타깝게도 비장을 싸고 있는 질긴 막까지 찢어져 심각한 출혈이 진행되고 있는 상태였다. 환자가 저혈량성 쇼크(hypovolemic shock)에 빠지는 것을 막기 위해 대량의 수액을 투여하고 비타민 K와 지혈제를 처방하고는 즉시 조영제를 사용한 복부 CT를 다시 시행했다. 조영제를 사용하지 않은 CT로도 혈복강 여부는 확인할 수 있으나 비장의 정확한 손상 부위와 손상 종류를 알기 어렵기 때문이다. 재차 촬영한 CT 결과 환자의 비장에서 외부 충격으로 인해 찢어진 열상(laceration)이 확인되었고 비장을 싸고 있는 막의 아래쪽이 찢어진 듯했다.

그런데 비장 파열의 원인은 외상인데 환자는 외상 없이 갑자기 통증이 시작됐다고 진술했다. 나는 환자에게 1~2주 전이라도 다친 적이 있는지 재차 확인했고, 그제야 20일 전 넘어져서 왼쪽 갈비뼈가 골절되어 일주일간 인근 병원에서 입원했다고 얘기했다. 아무래도 20일 전 넘어졌을 때 왼쪽 갈비뼈 골절 외에도 비장 손상이 발생한 것으로 보였다. 그때는 아직 비장을 싸고 있는 질긴 막이 찢어지지 않아 별다른 증상이 없었으나 손상이 제대로 낫지 않고 악화해 내원 직전에는 질긴 막까지 찢어진 듯했다.

응급 수술이 필요했다. 나는 황급히 당직표를 확인했고 이번에도 익숙한 이름에 안도했다.

두 환자 모두 수술이 성공적이었고 회복하여 퇴원했다. 그러나 당직표의 익숙한 이름이 아니었다면 순조롭게 진행하지 못할 가능성이 컸다.

우선, 십이지장 천공에 의한 복막염으로 진단하여 응급 수술을 시행한 첫 번째 환자의 경우에는 당시 우리 병원에 중환자실 자리가 없었다. 환자와 보호자가 처음부터 경제적 문제를 이유로 진료에 협조적이지 않았던 점을 보면 일반외과 의사 상당수는 '중환자실에 자리가 없으니 인근 대학병원으로 전원하라'는 결정을 할 것이다. 그러나 그날의 일반외과 당직의사, 당직표의 익숙한 이름은 그런 식으로 일하는 사람이 아니었다. 그는 직접 중환자실에 부탁해서 힘들게 자리를 만들어 응급 수술을 진행했다.

외상성 비장 손상으로 인한 혈복강으로 진단한 두 번째 환자도 마찬가지다. 비장을 감싸고 있는 단단한 막까지 찢어져 심각한 출혈이 진행되는 단계여서 평범한 일반외과 의사라면 '저혈량성 쇼크의 가능성이 크니 인근 대학병원으로 전원하라'고 판단했을 것이다. 그러나 인근 대학병원으로 전원하는 과정에는 아무리 짧아도 30분, 일반적으로 1시간이 필요하다. 그러니 그 1시간 동안 환자의 상태가 급격히 악화될 가능성이 컸다. 저혈량성 쇼크를 앞둔 혈복강 환자를 무턱대고 대학병원으로 전원할 것이 아니라 방문한 병원에서 가능하다면 응급 수술을 시행하는 것이 위험을 최대한 줄이는 선택이다. 그래서 당직표의 익숙한 이름은 그날도 자칫 환자가 회복하지 못하면 골치 아프고 복잡한 일에 휘말릴 가능성이 있음에도 응급 수술을 진행했다.

당직표의 익숙한 이름은 겉으로는 특별한 부분이 없다. 곱슬곱슬한 머리카락을 지닌 평범한 50대일 뿐이다. 의학 드라마에 자주 등장하는 '날카로운 인상의 괴짜'도 아니며 '고독하고 우수에 찬 눈매를 지닌 천재'도 아니다. 의사 가운을 벗으면 일상에서 흔히 마주치는 평범한 중년 남자, 동네 아저씨일 뿐이다. 또 로봇 수술 같은 첨단 의학을 시도하는 사람도 아니며 의과대학 교수, 대형 병원 주임 과장, 외국의 유명 병원 연수 같은 항목으로 이력을 가득 채우는 부류도 아니다. 언뜻 보면 2차 병원에서 근무하는 평범한 일반외과 의사일 뿐이다.

그러나 그는 '옛날 서전(surgeon, 외과 의사)'이었다. 여기서 '옛날 외과 의사'는 시대에 뒤떨어진 의사란 부정적인 뜻이 아니라 칼잡이란 별명이 어울리는 고전적인 외과 의사란 긍정적인 뜻이 담긴 단어다. 그러니까 사람들이 의학 드라마를 통해 알고 있는 외과 의사의 전형에 해당한다. 그는 1980년대 초반 의과대학에 입학해서 일반외과가 위풍당당하던 시절에 전공의로 수련했다. 전문의 자격을 얻은 후에도 개원을 선택하지 않고 꽤 복잡한 수술까지 가능한 병원에서 줄곧 일했다. 그러면서 '오는 환자를 거부하지 않는다'는 태도로 다른 일반외과 의사가 '무조건 대학병원 전원'이라 판명하는 골치 아픈 사례도 마다하지 않아 50대 중반에 접어든 요즘에는 수술하는 의사로 실력, 경험, 체력이 가장 잘 갖추어진 시기를 맞이했다.

물론 앞서 말했듯, 그는 로봇 수술, 복강경을 이용한 휘플 수술(whipple surgery, 췌장의 머리, 십이지장, 담관, 담낭을 제거하는 수술로 주로 췌장암, 담낭암, 담도암에서 시행) 같은 첨단 수술은 할 수 없고 관심도 없다. 그러나 급성 충수염과 담낭염 같은 간단한 수술뿐만 아니라 외상으로 인한 장 천공, 간과 신장 그리고 비장 같은 장기 손상으로 인한 혈복강, 대동맥을 제외한 복강 내 동맥 파열 같은 사례는 환자와 보호자가 인근 대학병원 전원을 원하지 않는다면 기꺼이 수술하고 결과도 좋은 편이다. 내가 당직표를 확인한 후 안도한 것도 그런 이유다.

그러나 안타깝게도 이 옛날 서젼 혹은 고지식한 칼잡이는 점점 찾아보기 힘들어지고 있다. 의료 인공지능이 모두의 관심사에 오르고, 유전자를 해석하는 새로운 의학의 가능성이 주목받으며 온갖 새로운 기술이 쏟아지는 시대이기 때문이다. 정작 중환자를 진료하는 병원에 가장 필요한 존재는 점차 사라지고 있는 그런 케케묵은 의사다.

10년, 20년이 흘러 고지식한 칼잡이가 모두 사라진 응급실은 과연 어떤 모습일지, 가늠이 되지 않는다.

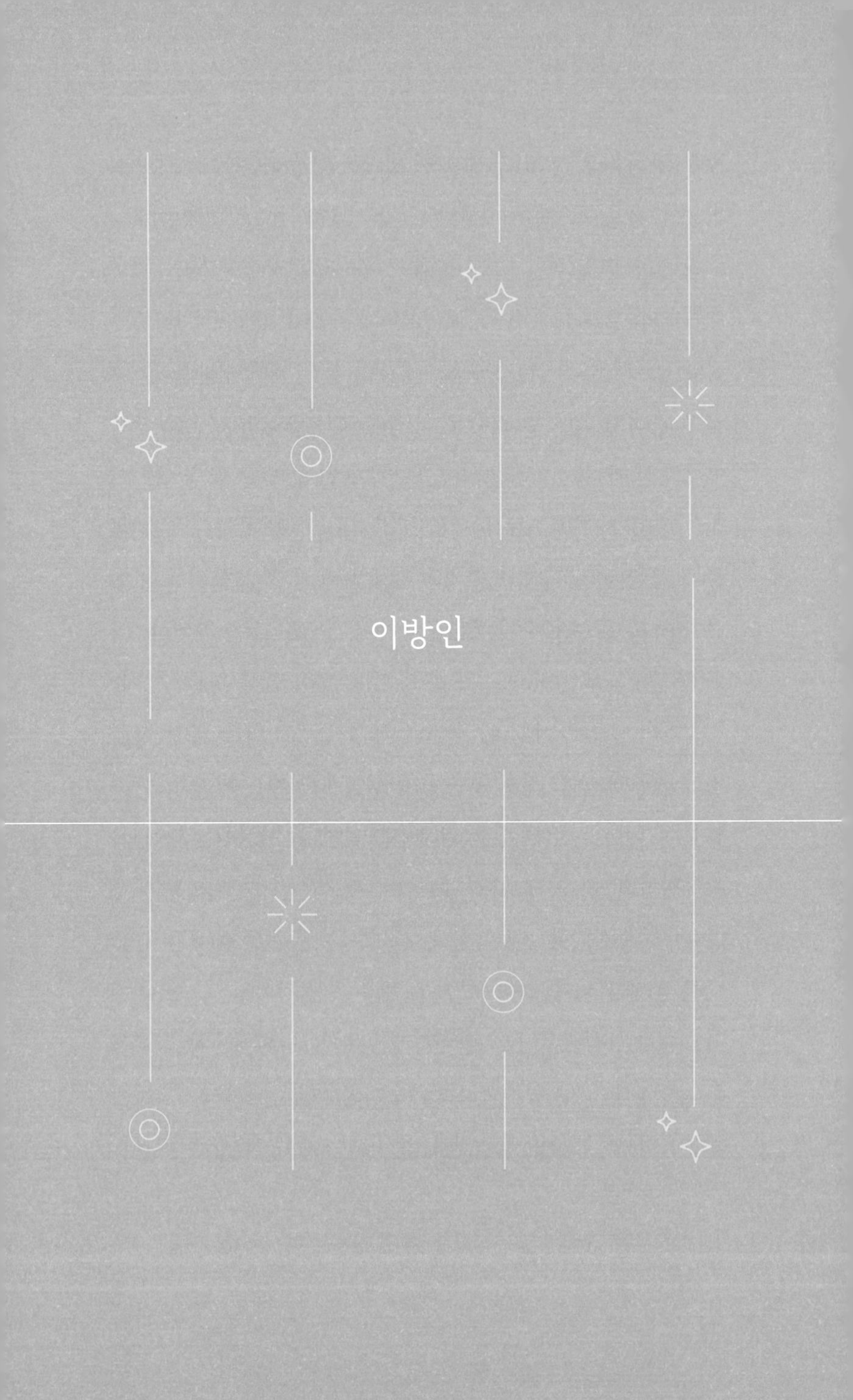

이방인

새벽이 지났으나 아침은 아직 오지 않은 시간, 새벽과 아침의 경계에 걸친 무렵, 누추한 차림의 사내 두 명이 응급실에 도착했다. 둘은 노가다라는 속된 언어로 불리는 일용직 건축 노동자 혹은 인근 공단의 영세 업체에서 단순 작업을 하는 비숙련 노동자인 듯했다. 건강보험이 없어 전산시스템에 '일반(건강보험이 없는 경우 일반으로 분류)'으로 분류되었고 이름의 어감이 묘하게 어색한 것으로 미루어 중국 출신일 가능성이 컸다. 둘의 옷차림은 매우 비슷했으나 누가 환자인지는 어렵지 않게 알아차릴 수 있었다. 탄탄한 체격을 지닌 한 명에 비해 다른 한 명은 지나치게 야위었고 힘겹게 부축받아 겨우 걸음을 옮겼다. 급성 질환이 아니라 제대로 치료하지 않은 만성 질환이 육체를 좀먹는 과정의 끄트머리에 있는 사람에게서 찾아볼 수 있는 모습이었다.

동행한 사내가 그를 응급실 침대에 눕히고 간호사가 다가가 혈압과 맥박, 체온, 호흡수를 측정했다. 나는 간호사 곁에서 환자를 자세히 살펴보았다. 깡마른 환자는 숨을 헐떡였다. 그러나 일반적인 호흡 곤란과는 달랐다. 정확히 말하면 호흡 곤란이 아니라 호흡이 지나치게 빠르고 잦았다. 덧붙여 묘한 냄새가 풍겼다. 다만 악취는 아니었다. 환자의 옷차림은 남루했으나 위생 상태는 나쁘지 않았으며 풍기는 냄새도 연한 과일 향과 비슷했다. 연한 과일 향, 지나치게 빠른 호흡. 응급실 경험이 많은 임상 의사라면 응급의학과 전문의가 아니어도 그 의미를 모르지 않을 것이다.

"혹시 당뇨병을 진단받은 적 있습니까?"

환자는 고개를 크게 끄덕였고 나는 단도직입적으로 물었다.

"약을 먹지 않은 지 얼마나 되었습니까?"

그러자 환자는 약간 놀란 표정으로 대답했다.

"1년쯤 되었는데…."

환자의 혈압과 체온은 정상 범위였다. 그러나 호흡수는 분당 40회에 가까웠고 맥박도 분당 110회로 빨랐다. 청진기로 호흡음을 확인하니 예상대로 천명음은 들리지 않았고 크게 저하되어 있지도 않았다. 촉진 결과 복부에 팽만감은 있으나 복부 강직과 압통은 관찰되지 않았다. 나는 간호사를 바라보며 조용히 말했다.

"혈당 확인하세요."

간호사가 채혈침으로 손가락을 찌르자 환자는 움찔했다. 그렇게 얻은 몇 방울의 피를 간이혈당계에 떨어뜨렸고 몇 초의 긴장된 시간이 흘렀다. 곧 간이혈당계의 작은 화면에 'HIGH'란 글자가 나타났다. 일반적으로 간이혈당계가 측정할 수 있는 혈당의 한계는 500~600이다. 그 이상이면 수치 대신 'HIGH'라고 표시된다. 지나치게 빠른 호흡과 연한 과일향을 단서로 세운 예상이 들어맞았다.

"호흡 곤란을 느낀 지 얼마나 되었습니까?"

이번에는 환자 대신 함께 온 사내, 보호자가 대답했다.

"며칠 되었습니다. 너무 힘이 없고 숨도 차길래 데리고 왔습네다."

나는 차분한 표정으로 환자와 보호자를 바라보며 말했다.

"환자는 지금 호흡 곤란이 아니라 빈호흡입니다. 실제로 숨을 못 쉬는 것이 아니라 지나치게 숨을 빨리 쉬고 있죠. 이유는 명확합니다. 일반적으로 혈당은 식사 후라도 200을 넘지 않습니다. 그런데 환자의 혈당은 너무 높아 간이혈당계로는 측정할 수 없을 정도입니다. 간이혈당계가 600까지 혈당을 측정할 수 있으니 그 이상이란 뜻이죠. 혈당이 500~600 이상으로 지나치게 오랫동안 지속되면 너무 높은 당분이 케톤이란 물질을 만들기 시작합니다. 그리고 그 케톤이란 물질이 많아지면 몸이 산성화하고요. 그렇게 되면 호흡 곤란이 없는데도 숨이 빨라져서 숨을 못 쉬는 것처럼 보이죠. 바로 당뇨병성 케톤산증이란 질환입니다. 지금 환자분께 해당하는 질환이죠. 그리고 이 질환은 치사율이 아주 높습니다."

중국인인지 아니면 재중 동포, 이른바 조선족인지 명확하지 않으나 환자와 보호자 모두 한국어가 유창했다. 다만 아무리 한국어가 유창해도 나의 설명을 정확히 이해하기 어려울 수도 있겠다는 생각이 머리를 스쳤다.

"쉽게 말하면 환자분은 당뇨병을 치료하지 않고 방치해서 지금 아주 큰 문제가 생겼습니다. 치료하지 않으면 무조건 죽습니다. 지금 당장 치료를 시작해도 죽을 가능성이 있습니다. 하루 이틀만 늦게 응급실을 찾았다면 바로 장례식장으로 향했을지도 모릅니다."

보다 나은 삶을 꿈꾸며 고향을 떠나 낯선 땅에서 일하던 중,

며칠 동안 몸이 좋지 않아 응급실을 찾았는데 의사가 '치료하지 않으면 무조건 죽고 치료해도 죽을 가능성이 있습니다'라고 선언하면 어떤 기분일까. 아무리 대담해도 그 순간에는 적절한 말을 찾지 못하리라. 그래서 조금이나마 희망이 섞인 말을 이었다.

"다행히 아직은 손을 쓸 수 있습니다. 지금 당장 치료를 시작하겠습니다."

그러나 환자와 보호자는 의외의 반응을 보였다.

"우리는 보험이 없어요. 중국 가서 치료하면 안 되겠습네까?"

나는 다시 한번 무서운 표현을 사용할 수밖에 없었다.

"죽습니다. 무조건 죽습니다. 중국이 아니라 장례식장으로 갈 겁니다."

의사는 완곡한 화법을 사용한다. 특히 나는 환자와 보호자에게 완곡한 화법을 사용할 뿐만 아니라 가능하면 '~입니다', '~가 있습니까?', '~가 필요합니다' 같은 표현을 주로 사용하고 '~했어요', '-하고예' 같은 말로 문장을 끝맺지 않는다. 평소 대화에도 구어체가 아니라 문어체를 주로 사용해서 지독한 경상도 억양이 담겼음에도 냉정하고 현학적인 느낌을 줄 때가 많다. 물론 진료할 때, 환자와 보호자에게 그런 식으로 말하는 목적은 똑똑한 척하거나 '그럴듯하고 전문가적인 설명을 들었는데 정작 무슨 말인지는 모르겠다'고 생각하게 만들려는 것이 아니다. 오히려 그런 화법을 통해 환자와 보호자가 상황을 객관적으로 인식하여 보다 쉽게 받아들이도록 돕는 것이 목적이다. 예를 들어 30분 이상 심폐소생술을 시행했으나 심장 리듬을 전혀 회복하지 못하는 경우 보호자에게 '더 해봐야 소용없고 못 볼 꼴만 봅니더 그만하지예'라고 말하는 것은 최악의 설명이다. '현재 30분 이상 심폐소생술을 시행하고 있으나 전혀 반응이 없습니다. 인간의 뇌는 5분만 산소가 공급되지 않아도 심각한 손상을 입어 일반적으로 20분 이상 심폐소생술을 시행하여도 심장 박동을 회복하지 못하면 사망 선언을 합니다. 물론 차가운 물에 입수하여 저체온증이 동반된 상태거나, 신부전 환자가 고칼륨혈증으로 지속적인 심실세동이 나타나며 심장 박동을 회복하지 못하는 경우처럼 20분 이상 심폐소생술을 지속하는 예외적인 사례도 있습니다만 환자는 안타깝게도 그런 사례에 해당하지 않습니다. 따라서 이제 사망 선언을 하겠습니다'가 보호자들이 훨씬 받아들이기 쉬운 설명이다. 마찬가지로 고열과 심한 옆구리 통증을 호소하는 여성에게 '검사 한번 해볼까요? 요거는 검사 좀 해봐야 합니데이' 같은 말보다는 '일반적으로 발열과 근육통이 있으면 몸살을 의심하겠으나 때때로 발열의 다른 원인을 찾아야 하는 경우가 있습니다. 특히 여성의 경우, 몸살 같은 발열과 근육통에 옆구리 통증이 동반하면 콩팥의 세균 감염인 신우신염 가능성이 있으며 환자분도 그런 사례에 해당합니다'가 적절한 설명이다. 그러나 예외 없는 법칙은 존재하지 않아서 가끔 아주 거칠고 직설적인 말을 문자 그대로 '내뱉어야 할' 때가 있다.

"죽습니다. 무조건 죽습니다. 며칠 후에 장례식장으로 향할 겁니다!"

'예후가 매우 나쁠 가능성이 큽니다', '환자가 회복하지 못하고 사망할 가능성이 큽니다' 같은 표현이 아니라 '죽습니다, 무조건 죽습니다'란 말을 의식이 명료한 환자와 동행한 보호자에게 고함치듯 통보하는 것은 1년에 한두 번 있을까 말까다. 먼 하늘부터 희뿌연 빛이 올라오며 밝아지기 시작하는 시간, 이제 두어 시간 후면 의료진과 행정 직원, 외래 진료를 위해 방문한 환자와 보호자로 병원에 활기가 넘치겠으나 아직은 불안한 고요가 맴도는 이른 아침에, 이마에 잔뜩 주름잡은 심각한 표정으로 팔짱 끼고 소리치듯 '죽습니다'라고 말하는 일은 더욱 드물다. 초라한 옷차림, 창백한 얼굴, 지나치게 살이 빠져 꺼진 것처럼 쑥 들어간 볼, 빈약하다 못해 앙상한 겨울 나뭇가지 같은 팔과 다리를 지닌 환자는 거칠게 숨을 몰아쉬고 환자만큼 초라한 행색의 보호자는 애절한 표정이었다.

“그래도 돈이 없습네다. 일단 주사 한 대 맞고서 며칠 후에 비행기 타고 중국 가서 치료하면 안 되겠습네까?”

잠깐 어색한 침묵이 흐른 후, 망설이던 보호자가 말했다. 그러나 나는 고개를 세차게 양쪽으로 가로 저었다.

“네, 그러면 죽습니다. 무조건 죽습니다. 100% 죽는다고요! 주사 한 대 없습니다. 응급 치료하고 며칠 후 중국 갈 수 있는 병이 아닙니다. 그렇게 하면 중국 못 가고 한국에서 죽습니다!”

다행히 이른 아침이라 응급실에 다른 환자는 없었다. 그래서 크게 소리 지를 수 있었고 덕분에 환자와 보호자는 본인들의 계획에 대한 미련을 버렸다.

“선생님, 그러면 어떻게 해야 합네까?”

보호자의 말에 나는 한층 부드러워진 표정으로 말했다.

“지금 당장 치료를 시작하고 중환자실로 입원해야 합니다. 물론 그전에 환자의 상태를 보다 확실히 파악해야 해서 몇 시간은 응급실에서 치료받으며 머물러야 합니다.”

환자의 양쪽 팔에 굵은 직경의 말초정맥관을 확보했다. 2000cc까지는 생리식염수를 최대한 속도로 투여하고 다음부터는 시간당 200cc로 투여하도록 지시했다. 주입 펌프를 사용해서 저용량 인슐린을 지속적으로 투여했고 흉부 X-ray와 혈액 검사를 시행했다.

동맥가스혈 검사(ABGA, arterial blood gas analysis) pH 6.9의 심각한 대사성산증(metabolic acidosis, 인체의 정상 pH는 7.35-7.45)이 있었다. 그리고 환자의 케톤 수치는 6.3에 이르렀다. 환자와 보호자에게 간략하게 설명했듯 당뇨병성케톤산증은 심각한 고혈당이 오랫동안 지속하면 발생하는 질환으로 당뇨병의 가장 무서운 급성 합병증 가운데 하나다. 지나치게 높은 혈당이 케톤산을 만들고 그로 인해 산성화가 진행된다. 인체는 정상 상태를 유지하려는 이른바 항상성(homeostasis)이 있어 케톤산으로 인한 대사성산증을 되돌리기 위해 호흡수를 증가시켜 호흡성알칼리증(respiratory alkalosis)을 만든다. 그래서 환자는 실제로는 호흡 곤란이 없어도 호흡수가 증가해서 '숨을 제대로 쉬지 못한다'고 느낀다. 이렇게 케톤산증이 시작되면 심각한 탈수가 발생하고 신장과 심장 같은 중요 장기에 손상이 진행된다. 따라서 대량의 수액과 저용량 인슐린의 지속적 투여를 통해 탈수와 고혈당을 신속하게 교정하지 않으면 사망할 가능성이 크다.

이런 당뇨병성케톤산증은 당뇨병을 제대로 치료하지 않은 경우에 발생하나 다른 원인이 동반하는 사례도 있다. 정상적으로 당뇨병을 치료하는 경우도 평소보다 인슐린 요구량이 늘어나는 문제가 발생하면 심각한 고혈당이 쉽게 나타나고 당연히 당뇨병성케톤산증으로 악화할 가능성이 커진다. 특히 감염은 인슐린 요구량을 증가시키는 주요 원인이다. 따라서 환자에게 감염이 동반되지 않았는지 감별해야 했다.

불길한 예측은 좀처럼 빗나가지 않아 흉부 X-ray에서 왼쪽 폐 하엽의 이상 변화를 확인했다. 폐렴으로 판단할 수도 있으나 발열이 없고 호흡 곤란이 심하지 않으며 혈액 검사 결과 백혈구 수치가 정상 범위인 것으로 미루어 결핵일 가능성이 컸다. 흉부 CT를 시행하자 예상대로 왼쪽 폐 하엽의 병변은 결핵에 경미한 폐렴이 동반한 것으로 밝혀졌다. 따라서 당뇨병성케톤산증에 대한 치료를 지속함과 동시에 정맥 항생제로 레보플록사신(levofloxacin) 500mg과 피페라실린/타조박탐(piperacillin/tazobactam) 4.5g을 투여했다. 생리식염수를 2000cc 가량 투여하고 저용량 휴물린의 지속 투여를 한시간 정도 시행한 후, 혈당은 400까지 감소했으나 여전히 pH 7.0의 심각한 대사성 산증이 지속하고 있었다. 나는 중환자실을 예약하고 내분비내과와 호흡기내과 의사를 호출했다.

사회 경제적 수준이 낮아 오랫동안 치료받지 않고 방치된 당뇨병 환자에게 나타나는 당뇨병성케톤산증의 전형적 사례였다. 폐결핵과 함께 경미한 폐렴이 동반된 것도 그런 전형적 사례에서 쉽게 찾아볼 수 있는 문제다.

그러나 환자에게는 의학적인 것 외에도 고려할 다른 문제가 있었다. 그는 의료보험이 없는 불법체류자였다. 응급실에서 받은 치료만으로도 진료비는 이미 2백만 원을 훌쩍 넘었다. 중환자실 입원이 필요하고 퇴원까지 소요할 시간을 생각하면 그의 처지에서는 천문학적 숫자에 가까운 비용이 청구될 가능성이 컸다. 물론 그가 그런 비용을 감당할 수 있을 가능성은 희박하다. 한국 국적이 있다면 건강보험공단에 지금껏 체납한 건강보험료를 지불하고 건강보험을 되살릴 수도 있고 시청과 구청에 긴급 지원을 요청할 수도 있다. 그러나 그는 정식 비자도 없는 불법체류자였다.

이런 상황에서 병원이 환자를 내쫓는 경우는 거의 없다. 특히 당뇨병성케톤산증처럼 생명을 위협하는 중증 질환인 경우에는 더욱 그렇다. 그러니 병원은 진료비를 제대로 받지 못할 가능성이 크다. 어쩌면 몇몇 직원은 그가 끝까지 진료를 거부하고 떠나기를 바랐을지도 모른다.

그러나 그런 바람은 현실적인 측면에서 판단해도 매우 어리석다. 그런 환자가 끝까지 진료를 거부하고 사라지는 것은 병원에게도 좋지 않다. 건강보험이 없는 가난한 불법체류자란 이유로, 충분한 경제력을 지니지 못했으며 제도의 보호 밖에 있다는 이유로, 치료받지 못하고 응급실을 떠난다면 겉으로는 환자 자신의 의지일지라도 자칫 병원에 대단히 골치 아프고 부정적인 사건이 될 수 있기 때문이다. 그렇게 제대로 치료받지 않고 응급실을 떠난 환자가 훨씬 악화된 상태로 발견되어 사망한다면, 그리고 그런 사건이 알려진다면 병원이 입을 손해는 그를 중환자실에 입원시켜 치료하고 받지 못할 진료비와는 비교할 수 없을 만큼 엄청날 것이었다. 그래서 그런 논리로 행정 직원을 설득했다. 다행히 환자는 순조롭게 회복했으며 병원의 이해와 자선단체의 도움으로 병원비도 해결할 수 있었다.

사회 전체를 살펴보면 문제는 여전하다. 많은 사람이 외국인 노동자를 부정적으로 바라본다. 중국인과 조선족(재중 동포)에 대한 시선은 한층 가혹하다. 한국인의 일자리를 잠식하고 우리의 세금으로 운영하는 복지제도 아래에서 특혜를 누린다고 비난한다. 심지어 선거철이면 중국인과 조선족을 소재로 만든 터무니없는 음모론이 극단주의자 사이에서 인기를 끈다. 우리의 그런 모습은 유대인을 가혹하게 핍박한 나치 독일, 재일 교포를 차별하는 일본 우익, 터키계 이민자를 공격하는 네오나치와 다를 게 없다.

믿음을 지닌 자

"위경련이에요. 위경련이에요. 위경련이에요."

작고 마른 체격의 환자가 약간 어눌한 말투로 위경련이란 단어를 반복하며 응급실에 들어왔다. 하얀 머리카락을 곱게 빗었고 옷차림은 화려하지 않으면서 단정했다. 세월이 남긴 주름을 제외하면 얼굴도 어린아이의 표정에 가까웠다. 다만 어눌한 말투와 엉거주춤한 자세로 미루어 지적장애가 있는 듯했다. 언니로 보이는 보호자의 손을 꼭 잡은 모습도 그랬다. 사소한 일상을 혼자 꾸리지 못할 만큼 심하지는 않은 듯했으나 그래도 진료에 한층 주의가 필요했다.

일단 환자를 응급실 침대에 눕히고 측정한 혈압과 체온, 호흡수는 정상 범위였다. 맥박수가 분당 100~110회로 조금 증가했으나 그 자체가 심각한 문제는 아니었다. 이학적 검사에서 복부강직(rigidity, 복부는 말랑말랑한 상태가 정상이며 복막염 같은 문제가 발생하면 빳빳하게 변함)은 없으나 명치 통증(epigastric pain)과 압통(tenderness)이 있었다. 함께 응급실을 찾은 보호자, 그러니까 환자의 언니에 따르면 고혈압을 제외하면 특별한 기저 질환은 없으나 최근 무릎이 아파 정형외과에서 진통제를 자주 처방받아 복용한다고 했다. 또 환자의 명치 통증은 몇 시간 전부터 시작했으며 수차례의 구토를 동반했다는 것이다.

여기까지 얻은 정보를 바탕으로 판단하면 위염 혹은 위궤양일 가능성이 크다. 정형외과에서 처방하는 '관절약'은 대부분 스테로이드나 비스테로이드성 소염진통제(NSAID, Non-steroidal anti-inflammatory drugs)를 포함하고 두 약물 모두 위염과 위궤양을 일으키기 때문이다. 그러나 환자에게 지적장애가 있다는 점에서 판단이 달라졌다. 지적장애가 있으면 경미한 통증도 아주 심하게 호소할 수 있고 반대로 아주 심한 통증도 대수롭지 않게 표현할 수 있다. 위염 혹은 위궤양이 있는 환자에게 흔한 위경련이 아니라 위궤양 천공(gastric ulcer perforation, 심한 위궤양으로 위벽에 천공이 발생하여 위의 내용물이 복강으로 흘러나와 복막염이 발생한 상태)이나 담낭결석으로 인한 급성 담낭염

(acute cholecystitis d/t GB stone)처럼 응급 수술이 필요한 질환일 가능성이 있으며 최악의 경우 복부 대동맥 박리(abdominal aortic dissection, 심장과 직접 이어지는 큰 동맥이 찢어지는 중증 질환)도 배제할 수 없었다.

따라서 즉시 복부 CT를 처방했다. 물론 그런 상황에서 '진통제를 투여하고 혈액 검사부터 확인합시다'라고 판단할 수도 있으나 아주 심각한 질환도 재앙이 완전히 닥치기 전까지는 혈액 검사가 정상일 때가 많다. 또 지적장애가 있어 통증을 정확하게 표현하지 못한다는 점에서 신속하게 복부 CT를 시행하는 쪽이 치료 시기를 놓칠 위험이 적었다.

"CT에는 돈이 많이 들지 않나요? 그냥 위경련이 아닐까요? 동생이 위경련을 자주 앓아서요."

보호자가 조심스럽게 말했다. 보호자의 체격이 조금 큰 부분을 제외하면 둘의 외모는 놀랄 만큼 비슷했다. 어린 시절부터 환자를 돌보았고 지금도 함께 사는 듯했다. 그런 만큼 환자에게 무관심해서 '비싼 CT가 꼭 필요한가요?'라고 물을 가능성은 크지 않았다. 오랫동안 환자를 돌본 만큼 환자가 아주 경미한 증상에도 유난히 야단스레 행동하는 것을 알아 그렇게 말하는 것이었다.

"최근 정형외과에서 진통제를 자주 처방받아 복용했고 명치 부분에 통증이 있으니 정말 위경련일 가능성도 있습니다. 보호자분도 아시다시피 환자는 사소한 통증도 아주 심하게 호소할 수 있고 아주 심한 통증에도 무던할 수 있습니다. 저도 단순한 위경련이면 좋겠습니다만 의사 입장에서 몇 가지 찜찜한 부분이 있어 복부 CT를 시행하여 확인하는 쪽이 나을 듯합니다. 복부 CT가 수백만 원 하는 검사도 아니니 아무래도 시행하는 쪽이 좋지 않겠습니까?"

'가는 말이 고와야 오는 말이 곱다'는 속담은 그런 상황에서도 위력을 발휘한다. 보호자가 공격적인 태도로 CT 따위 찍지 않겠노라, 병원이 돈을 벌려고 쓸데없는 검사를 권유한다며 목소리 높였다면 나의 반응도 차갑고 날카로웠을 것이다. 그러나 보호자가 조심스럽고 정중하게 물었으니 나도 당연히 공손하고 부드러울 수밖에 없었다.

어쨌든 환자는 순조롭게 복부 CT를 촬영했다. 그러나 안타깝게도 복부 CT의 결과는 순조롭지 못했다. CT는 좋지 않은 쪽으로 충격적이었다. 담낭의 결석 혹은 염증은 없고 위와 십이지장의 천공도 관찰되지 않았다. 복부 대동맥 자체에는 문제가 없으나 소장과 대장의 광범위한 부분에 혈액을 공급하는 상장간막동맥(superior mesenteric artery)이 파열된 상태였다. 방금 파열된 것이 아닌, 이미 출혈이 진행하여 상당한 양의 혈액이 복강에 고인 상태, 즉 혈복강(hemoperitoneum)이었다. 응급 수술을 시행하지 않으면 사망할 것이 틀림없었고 응급 수술을 시행해도 생존을 장담할 수 없는 긴급한 상황이라 즉시 일반외과 당직 의사와 수술팀을 호출했다. 대량의 수액과 지혈제를 투여하고 응급 수술에 필요한 조치를 시행하며 보호자를 불렀다.

"조금 전에 간략하게 말씀드렸습니다만 처음 복부 CT를 시행할 때는 위궤양 천공 혹은 급성 담낭염 같은 질환을 의심했습니다. 두 질환 모두 응급 수술이 필요하나 수술 시기를 놓치지 않으면 생명을 위협하는 사례는 드뭅니다."

2~3초가량 말을 멈추고 보호자의 얼굴을 바라봤다. 이제 곧 다가올 충격에 대비할 수 있도록 잠깐 말을 멈춘 것이었는데 의사의 표정과 태도에서 불길한 기운을 느꼈는지 보호자는 잔뜩 긴장했다.

"CT 결과 위와 십이지장, 담낭 같은 부분에는 별다른 이상이 없습니다. 그런데 예상과 달리 소장과 대장의 많은 부분에 혈액을 공급하는 굵은 동맥이 찢어졌습니다. 대동맥이라고 심장과 바로 연결하는 큰 동맥이 있는데 거기에서 갈라져 나온 굵은 동맥이 찢어져 이미 배 안에 피가 가득한 상황입니다. 당장 응급 수술을 시행하지 않으면 100% 사망하고 응급 수술을 시행해도 생존을 장담할 수 없는 상황이라 일단 일반외과 의사와 수술팀을 불렀습니다."

보호자의 얼굴이 하얗게 변했다. 입술뿐만 아니라 귓불도 미세하게 떨렸다.

"갑작스러운 소식에 매우 당황하셨을 것 압니다. 환자는 수술하지 않으면 사망하고 수술을 해도 산다는 보장이 없는 상황입니다. 그래도, 아무것도 하지 않고 환자가 사망하도록 버려둘 수는 없으니 수술을 시행해야 합니다. 이제 곧 일반외과 의사가 도착해서 수술에 대해 자세히 설명해 드릴 것입니다."

보호자는 당장이라도 울음을 터트릴 듯한 표정이었다. 그래도 알겠다는 듯 고개를 끄덕였다.

"환자분 결혼했습니까? 남편이나 자녀가 있습니까?"

혹시나 하는 마음에 질문했으나 보호자는 고개를 저었다.

"환자의 언니라고 하셨죠? 다른 형제에게도 연락해서 상황을 알리는 것이 좋겠습니다. 준비가 끝나면 저희는 바로 수술을 진행하겠습니다."

그때 일반외과 당직 의사가 긴장한 표정으로 응급실에 나타났다.

그날도 고지식한 칼잡이가 일반외과 당직 의사였다. 그는 보호자를 보더니, 단도직입적으로 말했다.

"바로 수술해야겠네요. 수술합시다."

예상대로 고지식한 칼잡이는 군더더기 없이 말했다. 그러나 응급 수술을 시행하는 것에는 몇 가지 문제가 있었다.

우선 중환자실에 자리가 없었다. 일정 규모 이상의 중환자실은 항상 붐비기 마련이다. 이리저리 온갖 방법을 동원해서 없는 자리를 짜내는 것은 응급의학과 의사에게는 평범한 일상이다. 그러나 그날은 정말 자리가 없었다. 인근 대학병원에서 파업이 발생했기 때문이다. 파업이 발생해도 응급실과 수술실, 중환자실 같은 부서는 진료를 계속하지만 제약이 있을 수밖에 없다. 더구나 중환자실을 운용하는 병원이 대학병원과 우리 병원을 포함해서 세 곳뿐이라 파업이 일주일을 넘기자 중환자실은 완전히 포화상태에 이르렀다. 그렇다고 환자를 전원하기는 어려웠다. 앞서 말했듯 인근 대학병원은 파업 중이며 대학병원을 제외하면 이 지역에는 상장간막동맥 파열로 인한 혈복강(hemoperitoneum d/t superior mesenteric artery rupture)처럼 무시무시한 병명의 환자를 수용할 병원이 없다. 또 다른 지역의 병원으로 전원하면 분명히 환자는 구급차에서 사망할 것이었다. 일단 수술을 시행한 후, 환자를 다시 응급실의 중환자 구역에 수용하기로 결정했다.

두 번째 문제는 훨씬 심각했다. 중환자실에 자리가 없으면 수술을 시행하고 응급실에 수용하여 진료를 지속하면 그만이다. 그러나 이 문제는 그런 방식으로 해결할 수 없었다. 해결이 아예 가능하지 않은 문제에 가까웠다. 연락을 받고 도착한 보호자 가운데 환자의 조카라고 밝힌 사람이 찾아와 다음과 같이 말했기 때문이다.

"혹시 수혈이 필요한 수술입니까?"

상장간막동맥처럼 굵은 혈관이 찢어져 배 안에 피가 가득한 상황이니 당연히 수혈이 필요했다. 수술을 순조롭게 진행해서 신속하게 지혈에 성공해도 지금껏 발생한 출혈만으로도 대규모 수혈이 필요했다. 이미 혈액 은행에 연락한 상황이었다. 그런데 수혈이 필요한 수술이냐고 묻다니! 물론 보호자는 의료인이 아니니 그런 의문을 품어도 크게 이상하지 않다. 다만 '수혈'이란 단어를 말하는 분위기가 심상치 않았다.

"물론입니다. 상장간막동맥의 파열은 출혈량이 많아 대규모 수혈이 필요합니다."

환자의 조카라 밝힌 보호자의 표정이 차갑게 굳었다. 그는 단호하게 말했다.

"안 됩니다. 우리는 수혈에 동의할 수 없습니다."

그랬다. 환자의 종교는 수혈을 허락하지 않았다. 종교적 이유로 수혈을 거부하는 사례는 응급실에서 드물지 않다. 다만 그렇게 극적인 순간에 마주하리라 예상하지 못했다. 상장간 막동맥이 파열하여 환자의 배 안에는 피가 가득하고 이제 막 응급 수술을 진행하려는 찰나에 보호자가 '종교적 이유로 수혈을 거부합니다'라고 말하는 상황은 의학 드라마의 단골 소재일 뿐, 현실에서 직접 겪으리라고 상상조차 못 했다.

"지금 환자의 배에는 이미 피가 가득합니다. 혈액이 준비되면 지금 당장 수혈을 진행해야 합니다. 혈압을 유지하려고 수액을 대량으로 투입하고 있습니다만 임시방편일 뿐입니다. 환자는 수혈을 받지 않으면 죽습니다!"

'죽습니다'란 부분에 힘을 주어 소리치듯 말했다. 그러나 환자의 조카는 조금도 물러서지 않았다.

"고모의 뜻입니다. 고모와 저는 절대 용납할 수 없습니다."

종교적 이유로 거부하는 환자에게 강제로 수혈을 진행하기는 어렵다. 의료진에게 그럴 권한은 없다. 다만 정말 환자의 뜻일지 의심스러웠다. 지적장애가 있는 환자가 '수혈 거부'가 무엇을 의미하는지 이해할 수 있을까? 특히 저혈량성 쇼크(hypovolemic shock)로 대규모 수혈이 필요한 상황에서 '수혈 거부는 곧 죽음'이란 것을 온전히 이해할 수 있을까? 물론 지적장애가 있다고 해서 자신의 운명을 선택할 수 없다고는 생각하지 않는다. 또 지적장애를 가진 사람이 일반인보다 열등하다고 생각하지도 않는다. 그러나 자신의 선택이 무엇을 의미하는지 정확히 알지 못하는 사람에게 종교든, 정치든, 신념에 따른 행동을 강요하는 것은 폭력이 아닐까? 그래서 환자의 조카를 삐딱하게 볼 수밖에 없었다. 그가 환자에게 자신이 믿는 종교를 강요했고 이제는 삶과 죽음에 대한 선택마저 좌우하려고 하는 것이 아닌지 의문스러웠다.

"도대체 언제 수술합니까? 이렇게 손 놓고 있어도 됩니까?"

그때 막 도착한 듯한 다른 보호자가 거칠게 언성을 높였다.

"방금 도착하셔서 진행 상황을 모르실 수도 있습니다. 또 갑작스레 심각한 얘기를 들어 당황하고 안타까운 마음에 침착하기 어려운 것도 충분히 이해합니다. 그렇지만 환자가 응급실에 도착했을 때부터 지금까지 모든 절차는 최대한 신속히 진행되었습니다. 도착 당시 혈압도 정상이고 명치 통증 외에는 별다른 증상이 없으며 환자와 동행하신 보호자도 위경련이라 말씀하셨지만, 진찰 결과 수술이 필요한 심각한 질환 가능성이 있어 즉시 복부 CT를 시행했습니다. 복부 CT 결과 복부 대동맥과 바로 연결되는 주요 동맥인 상장간막동맥이 찢어져 이미 복강에 많은 양의 피가 고인 상황이라 즉시 외과 의사와 수술팀을 호출했습니다. 이제 거의 준비가 끝나서 곧 수술실로 환자를 옮겨 응급 수술을 시행할 것입니다."

침착하게 설명하자 그는 겸연쩍은 표정을 지었다.

"그런데 여기 보호자분의 말씀으로는 환자가 종교적 이유로 수혈을 원하지 않는다고 들었는데 사실입니까? 겉으로 드러나지 않으나 이미 배 안에는 피가 가득한 상황이라 수혈을 하지 않으면 설령 수술이 성공해도 생존할 수 없습니다. 그런데도 수혈을 거부하시겠습니까? 환자가 평소에도 이런 문제를 충분히 말씀하셨나요?"

그러자 환자의 조카라고 밝힌 보호자와 뒤늦게 도착한 보호자가 거친 말싸움을 시작했다. 한쪽이 '고모가 동의했다, 고모도 신자이고 수혈을 거부한다'고 말하면 다른 쪽이 '언제 걔가 원했느냐?, 걔가 그걸 판단할 수 있다고 생각하느냐?'며 받아쳤다. 환자의 가족이 하나둘 응급실에 도착하며 보호자의 숫자가 불어나자 다툼이 걷잡을 수 없이 커졌다. 더 이상 방관할 수 없어 그 끝나지 않는 논쟁에 개입하려는 순간, 보호자 가운데 한 명이 '수혈하기로 했습니다'라고 말했다. 그 결정이 마음에 들지 않는 듯, 환자의 조카는 벌겋게 달아오른 얼굴로 휑하니 응급실을 떠났다.

우여곡절 끝에 응급 수술을 시행했으나 안타깝게도 환자는 살아서 수술실을 나서지 못했다. 상장간막동맥의 파열이 심할 뿐만 아니라 이미 출혈량이 예상보다 커서 일반외과 의사와 수술팀의 헌신과 노력에도 환자는 회복하지 못했다. 애초에 생존 가능성이 크지 않았기에 환자의 죽음이 쓰라릴 뿐, 아주 충격적이지는 않았다.

그러나 환자의 죽음은 평소에 생각한 적 없던 물음을 던졌다. 과연 인간은 자신의 생명에 대해서 어디까지 선택할 권리가 있을까? 온전히 자신의 뜻대로 할 수 있는 몫일까? 실제로 역사를 살펴보면 자신의 의지로 삶을 결정하는 행위를 높이 평가하는 이야기가 적지 않다. 한니발과 카토 같은 인물은 승리한 적에게 최후까지 저항하는 수단으로 자살을 선택하여 강렬한 인상을 남겼다. 로마제국에 맞서 독립전쟁을 벌인 유대 열심당원 역시 마사다 요새에서 목숨을 끊어 신화를 남겼다. 일본 전통사회에서는 '명예'와 '책임'을 위해 할복하는 것을 촘촘하게 짜인 사회를 유지하는 수단으로 삼았다. 심지어 2차 대전 후 열린 뉘른베르크 전범 재판에서 헤르만 괴링은 특유의 궤변으로 법정을 휘어잡은 후, 청산가리 캡슐을 복용해서 가장 '악질적'인 나치로 남았다. 하지만 오늘날에는 자살을 방조하거나 권장하는 경우가 극히 드물다. 이제는 자살을 선택하는 심리를 '영웅적 결단'이 아니라 '치료가 필요한 취약함'이라 판단한다.

그렇다면 '종교적 이유로 수혈을 받을 수 없다'는 주장은 어디까지 존중해야 할까? 특히 이 글에 등장하는 환자처럼 당장 수혈을 받지 않으면 약간의 희망도 가질 수 없는 상황에서 종교적 이유로 수혈을 거부하는 것은 실질적으로 자살을 선택하는 것이나 다름없다. 그런 상황에서 의사는 환자의 판단을 존중해야 할까? 아니면 자살을 시도하려는 사람처럼, 그런 선택 역시 치료받아야 할 문제일 뿐, 존중할 대상에는 해당하지 않는 것일까?

또 종교적 이유로 수혈을 거부하는 행위를 존중해야 한다면, 이 환자처럼 지적장애가 있어 그 판단의 의미를 온전히 이해하지 못할 경우에는 어떻게 해야 할까? 지적장애가 있어 다른 사람의 신념에 휩쓸린 것일 뿐이니 환자가 수혈을 거부해도 무시해야 할까? 또 지적장애가 문제라면 과연 어느 수준의 장애까지 스스로 판단할 능력이 없다고 봐야 할까? 한층 본질적으로, 과연 우리에게 지적장애를 구실 삼아 타인의 판단에 등급을 매길 자격이 있을까?

의사 입장에서 비슷한 상황을 마주할 때마다 수혈을 거부하는 환자를 설득하려고 노력할 것이다. 그러나 그 많은 질문에 대해서는 아직 어느 것도 답을 정하지 못했다.

마마님

"3일 전부터 숨이 찼다고 합니다."

구급대원은 심드렁하게 말했다. 오후부터 분주함과 혼잡함이 절정으로 치닫는 응급실의 전형적인 휴일에 해당하는 저녁이라 구급대원은 두어 시간 동안 세 번이나 우리 응급실을 방문했다. 앞서 이송했던 환자가 죄다 119구급대를 이용할 필요가 없는 경증이라 그런 심드렁한 태도를 이해할 수 있었다. 이번에 이송한 환자는 '꼬부랑 할머니'란 표현이 어울리는 백발의 왜소한 노인이었다.

환자는 3일 전부터 숨이 찼다고 호소했으나 호흡곤란 자체는 심하지 않았다. 엄밀히 따지면 전신 쇠약에 가까운 증상이라 구급대원의 심드렁한 태도가 한층 와닿았다. 보호자는 아들로 추정되는 중년 남자였는데 키가 크고 말랐으며 '신사'라는 단어와 어울리는 태도를 보였다. 하지만 보호자 역시 환자의 증상을 대수롭지 않게 생각하는 듯했다. 3일 전부터 조금씩 숨이 차고 음식을 제대로 먹지 못하겠노라 호소했으니 노환이라 추측하는 듯했다. 이전에도 비슷한 증상으로 병원을 찾았고 그때마다 의사가 '영양제 투여하겠습니다'라고 말해서 이번에도 그런 판단을 기대하는지도 몰랐다.

그러나 미심쩍은 부분이 있었다. 호흡 곤란은 심하지 않았으나 확실히 빈호흡(tachypnea)이 있고 팔순을 훌쩍 넘긴 고령이라는 것을 감안하면 상당한 수준의 통증이 있어도 명확히 표현하지 못할 수도 있었다. 즉시 심전도를 시행했다.

심전도에 아주 명확한 ST분절 상승(ST elevation, 급성 심근경색 때 관찰되는 심전도의 변화)이 있었다. 흉부 X-ray에서도 심비대와 폐부종을 확인했다. 심장은 손상을 입어 기능이 감소할수록 커지는 장기여서 심비대는 상당 기간 동안 심장 질환을 앓았다는 뜻이다. 병원에서 진단받지 못했으나 이전부터 심장 질환이 있었고 3일 전부터 악화했으며 내원일에는 관상동맥(coronary artery, 심장 근육에 혈액을 공급하는 동맥)이 막히는 급성 심근경색(acute myocardial infarction)이 발병했을 가능성이 컸다. 즉시 심혈관조영술(coronary angiography)이 필요했다. 나는 보호자에게 상황을 설명하고 심혈관조영술 팀을 호출한 다음, 심장내과 당직 의사에게 전화했다.

"안녕하십니까, 응급의학과 곽경훈입니다. 응급 심혈관조영술이 필요해서 연락드립니다. OO세 여자 환자로 지금껏 특별히 진단받은 과거력은 없으며 3일 전부터 심하지 않은 호흡곤란을 호소했고 내원일 증상이 악화하였습니다. 혈압과 체온 등 생체 징후는 정상 범위이나 심전도 결과 ST분절 상승이 명확하고 흉부 X-ray에서 심비대 및 폐부종이 관찰되어 현재 급성 심근경색일 가능성이 큽니다. 혈압이 정상 범위에 있어 모르핀(morphine) 5mg을 정맥으로 투여하였으며 아스피린과 플라빅스를 경구로 투여했습니다. 아울러 환자가 고령이며 현재 초기 증상이 나타나고 상당한 시간이 경과해서 예후가 나쁠 수 있음을 보호자에게 설명하였습니다."

그러자 전화기 너머에서 낭랑한 목소리가 들렸다.

"네, 심혈관조영술을 해야겠군요. 심혈관조영술 팀을 불러주세요."

15분 후, 심혈관조영술 팀이 모두 모였으니 시술을 진행할 심혈관센터로 환자를 올려달라는 연락이 왔다. 그런데 정작 심장내과 당직 의사는 응급실에 나타나지 않았다. 대개는 시술을 시행하기 전, 응급실에 와서 환자를 확인하는데 그런 절차가 없었다. 그뿐만 아니라 심혈관센터에서도 시술 전 환자를 확인하거나 보호자에게 설명하지도 않았다. 시술이 순조롭게 끝나 환자를 중환자실에 옮긴 후에야 보호자에게 설명했으나 '심근경색이고 시술이 잘 끝났습니다'가 전부였다.

물론 그것만으로 문제가 있다고 단정하기는 어렵다. 다만 그날의 심장내과 당직 의사, 시간이 흐르면서 '마마님'이란 별명을 얻은 심장내과 의사는 확실히 특이했다. 환자와 보호자에게 항상 매우 짧게 설명하고 질문을 허락하지 않았다. 외래에서는 '좋습니다'와 '다음에 봅시다'가 전부였다. 3분 진료가 아니라 3초 진료에 가까웠다. 회진도 마찬가지였다. 설명은 매우 짧고 질문은 사절했다. 정말 궁금한 것이 있으면 마마님을 담당하는 전문간호사에게 물어야 했다. 급성 심근경색이 발병한 환자에게 응급 심혈관조영술을 시행할 때도 역시 설명이 매우 짧았다.

그러나 대부분 환자와 보호자는 항의하지 못했다, 아니, 항의하지 않았다. 왜냐하면 마마님은 중소 병원의 평범한 심장내과 전문의가 아니기 때문이다. 지금은 비록 중소 병원에 있으나 불과 몇 개월 전만 해도 규모가 큰 대학병원의 주임 교수였고 해당 병원의 심장센터를 이끌었으며 '국제인명사전'에 이름이 오른 거물이었기 때문이다. 언론매체가 '명의'란 명칭과 함께 종종 소개하는 인물이라 평범한 의사라면 온갖 항의를 접하고 운이 없으면 멱살잡이를 당할 행동에도 다들 조용했다. 오히려 '명의와 어울리는 자신감과 카리스마'라며 그런 태도를 좋아하는 사람도 적지 않았고 마마님의 명성을 듣고 병원을 찾는 사례도 많았다. 그러니 누구도 마마님의 행동을 문제 삼지 못했다. 그 탓에 마마님의 행동은 점차 사소함의 범위를 벗어났다.

50대 초반의 남자는 왜소하지 않았다. 그렇다고 딱 벌어진 어깨를 지닌 탄탄한 체형은 아니었으나 흔히 말하는 '책상물림 서생'치고는 괜찮았다. 흰 머리가 여기저기 드러나서 '연구자' 혹은 '학자'에 어울리는 외모였고 매너가 좋았다. 다행히 그가 응급실을 찾은 이유는 응급이란 단어에 어울리지 않았다. 일주일 전부터 인후통과 콧물이 있어 약국에서 구입한 소염진통제를 복용하자 속쓰림과 상복부 불편감이 나타났으나 강의와 연구에 바빠 병원을 찾지 못했다고 말했다. 특별한 과거력은 없고 이학적 검사에도 인후염과 위염 외 다른 질환을 의심할 이상은 없었다. 인후염 외에도 소염진통제로 인해 기존의 위염이 악화한 상황이라 증상에 맞는 약물을 정맥 주사로 투여하고 3일 치 경구약을 처방하겠다고 설명했다. 또 증상이 지속되면 호흡기내과와 소화기내과 외래를 방문하도록 권유했다. 여기까지는 별다른 문제 없이 지극히 일반적인 상황이었다. 그런데 처방을 입력하기 위해 진료용 컴퓨터 앞에 앉았을 때, 갑자기 상황이 달라졌다.

"생리식염수 100cc에 맥페란 한 앰플 섞어 주세요. 다른 생리식염수 100cc에는 라니티딘 한 앰플을 섞어 주시고요. 그리고 파라세타몰도 한 앰플 투여하세요."

마마님이었다. 그때까지 마마님이 건넨 대화 가운데 가장 긴 문장이었다. 상황은 이랬다. 환자는 마마님과 함께 연구하는 대학 교수였다. 그날도 연구 모임이 있었는데 환자가 일주일 동안 인후통과 속쓰림이 있다고 얘기하자 마마님이 응급실에 데려왔다. 응급실에 어울리지 않는 경증 질환에 해당했으나 그런 부분까지 까탈스럽게 굴 의도는 없었다. 그래서 생체 징후를 측정하고 문진과 이학적 검사를 시행한 다음, 진단을 내리고 환자에게 치료 계획을 설명했다. 환자에게 설명한 치료 계획을 실행에 옮기려는 순간, 지금까지 지켜보던 마마님이 갑작스레 간호사에게 구두 처방을 지시했다. 마마님은 심장내과 의사이고 나는 응급의학과 의사다. 심혈관센터가 마마님의 영역이면 응급실은 나의 영역이다. 각자 전문 분야가 다르니 서로 존중할 필요가 있음에도 마마님은 무례하게 행동했다. 차라리 처음부터 자신의 지인이니 마마님이 진료하겠노라 주장했다면 기분이 나쁘지 않았을 것이다. 그러나 내 앞으로 접수해서 진찰하는 과정을 지켜본 다음, 자기 마음대로 처방을 지시하는 것에는 모욕을 느낄 수밖에 없었다.

"OOO 선생님께서 처방하셨으니 환자를 제 진료 명단에서 삭제하세요. OOO 선생님의 진료 명단에 올려 처방을 진행하도록 하세요."

물론 여기까지도 아주 심각한 문제는 아니었다. 그러나 몇 달 후, 정말 심각한 일이 발생했다.

심혈관센터 출입문의 키패드를 누르는 동작은 매우 거칠었다. 응급 상황이 주는 긴장 때문이다. 물론 그 긴장이 싫지는 않다. 그런 긴장은 상황을 해결하면 묘한 희열로 바뀌기 때문이다. 어쨌거나 키패드를 누르던 거친 동작과 달리 정중하고 공손한 태도로 시술실에 들어갔다. 시술실 밖에 있는 간호사가 나를 제지했으나 성공하지 못했다.

"응급의학과 곽경훈입니다. 응급실에 급히 시술이 필요한 환자가 있어서 왔습니다."

수술모, 수술용 마스크, 납복을 입은 마마님은 고개를 끄덕였다. '말해도 좋다'는 표시였다.

"6개월 전 우리 병원에서 심근경색으로 시술받은 환자입니다. 6개월 전 시술받을 때도 V2, V3, V4, V5, V6에 ST분절 하강이 있었습니다. 성공적으로 시술을 마치고 퇴원했고 2개월 전 외래에서 시행한 심전도에는 ST분절 하강이 사라졌습니다. 그런데 오늘 3일간 호흡 곤란을 호소하며 응급실을 방문했습니다. 체온은 정상이나 혈압이 90/60으로 다소 낮고 흉부 X-ray에 폐부종이 있습니다. 그리고 심전도 결과 사라졌던 ST분절 하강이 다시 확인되었습니다. 따라서 단순한 심부전으로 인한 폐부종이 아니라 심근경색이 재발했을 가능성이 있어 시술이 필요합니다."

마마님은 다시 고개를 끄덕였다. 알았으니 나가란 뜻이다. 그런데 정말 내 말을 제대로 들은 것인지 확신할 수 없었다. 마마님의 성격과 평소 행동으로 미루어 자칫 착각할 수 있는 부분이 있기 때문이다. 다시 한번 말했다.

"심전도를 잘 보셔야 합니다. 6개월 전 심전도와 오늘 심전도는 모두 ST분절 하강이 있어 변화가 없다고 착각할 수 있으나 2개월 전 외래에서 시행한 심전도에는 ST분절 하강이 사라졌습니다. 새롭게 심전도 변화가 생긴 겁니다."

시술실 밖에 있던 간호사가 들어와 나를 끌어냈다. 그러나

끌려 나가면서도 계속 '2개월 전에는 ST분절 하강이 사라져서 이번에 새로운 심전도 변화가 맞다'고 소리쳤다. 그렇게 몇 번이나 말한 이유는 마마님이 당일과 6개월 전의 심전도만 확인해서 '심전도에 변화가 없다'고 판단할 소지가 다분했기 때문이다. 그러나 2개월 전 심전도에서는 ST분절 하강이 사라졌으니 심전도에 새로운 변화가 발생한 것이 맞았다.

심전도의 새로운 변화가 중요한 이유가 있었다. 일반적으로 ST분절의 상승 혹은 하강은 급성 심근경색을 의미한다. 그러나 이전에 이미 심근경색을 앓았을 경우 심근경색이 재발하지 않아도 심전도에 ST분절 상승이나 ST분절 하강이 지속적으로 나타나는 사례가 많다. 따라서 그런 경우에는 과거의 심전도와 비교하여 새로운 변화가 발생했는지 확인하는 것이 매우 중요하다. 이전부터 지속적으로 관찰되는 ST분절 상승 혹은 ST분절 하강은 문제가 아니나 이전과 다른 새로운 변화는 심근경색의 재발을 의미하기 때문이다. 그날 환자의 경우, 6개월 전과 당일만 비교하면 심전도의 변화가 없다고 판단할 수 있으나 6개월 전 심근경색으로 심혈관조영술을 받고 2개월 전 외래에서 시행한 심전도에는 ST분절 하강이 사라졌으니 당일 심전도에서 관찰되는 ST분절 하강은 새로운 변화에 해당했다. 하지만 마마님은 6개월 전 심전도와 당일의 심전도만 비교해서 심전도에 변화가 '없다'고 판단할 듯했다. 그래서 마마님이 심혈관센터에서 다른 환자를 시술하고 있다는 소식에 직접 찾아가서 심전도 변화가 '있다'는 부분을 강조할 수밖에 없었다.

그러나 그런 과격한 행동에도 불길한 예감은 빗나가지 않았다. 다른 환자의 시술을 끝내고 이례적으로 응급실을 찾은 마마님이 환자와 보호자에게 다음과 같이 설명했기 때문이다.

"심전도에 변화가 없습니다. 그러니 심근경색 재발은 아니에요. 심장 기능이 약하고 폐에 물이 차서 호흡 곤란이 있으니 일단 중환자실로 입원하세요."

외모, 눈빛, 말투 그리고 손짓까지도 마마님은 대가의 분위기를 풍겼다. 그런 분위기와 더불어 오랜 경험, 훌륭한 평판과 강한 자신감은 아무리 까다로운 환자와 보호자도 마마님 앞에서는 순한 양 혹은 신실한 교인으로 행동하게 만들었다. 다른 의사의 진료를 신뢰하지 못해 마마님이 병원을 옮길 때마다 함께 움직이는 환자도 많았으며 그가 받는 연봉, 병원 내 지위와 영향력은 어마어마했다. 그러나 그렇다고 마마님이 항상 바르게 판단하는 것은 아니다. 할 말은 해야 했다.

"선생님, 6개월 전 응급실에서 심근경색을 진단받을 때 심전도와 오늘 심전도를 비교하면 큰 이상이 없습니다만 2개월 전 외래에서 찍은 심전도를 보면 ST분절 하강이 사라졌습니다. 그러니 2개월 전과 비교하면 심전도에 새로운 변화가 있는 것이 아닐까요?"

아주 공손하고 조심스럽게 말했다. 마마님의 얼굴에 당황하는 표정이 스쳤다. 마마님은 오랫동안 윗사람으로 대접받았다. 우리 병원에 오기 전에도 교수로, 대가로 대우받았기에 누구도 그의 판단에 의문을 제기하지 않았을 것이며 우리 병원에서도 마찬가지였다. 마마님은 누군가를 지적하고 칭찬하는 일에 익숙할 뿐이다. 아울러 찬양받고 존경받는 일에도 익숙하나 그의 판단에 누군가 의문을 품고 다른 의견을 제시하는 일은 극히 드물었다. 마마님은 마지못한 표정으로 말했다.

"일단 심전도에 변화가 없으니 심장효소 검사를 지켜봅시다."

심장효소(cardiac enzyme)는 심장근육이 손상하면 증가한다. 그러나 새로운 심전도 변화가 있음에도 심장효소 수치 결과를 기다리는 것은 케케묵은 방식이다. 그래도 일단 기다리기로 했다. 환자는 3일 전부터 호흡 곤란을 호소했기에 심장효소 수치도 증가했을 가능성이 컸기 때문이다(심근경색이 발병하고 수 시간이 경과해야 심장효소 수치가 증가). 예상대로 30분 후 심장효소 수치가 증가한 결과를 얻었다. 나는 다시 마마님에게 전화했다.

"선생님, 심장효소 수치가 확실히 증가했습니다. 2개월 전 외래에서 시행한 심전도와 비교하여 새로운 변화가 있고 심장효소 수치도 증가했으니 아무래도 심혈관조영술을 시행해야 하지 않을까요?"

전화기 너머에서 힘없는 목소리로 '알았습니다'라고 얘기할 것이라 기대했다. 그러나 기대는 산산이 부서졌다.

"그건 아마도 신부전 때문에 증가했을 거예요. 잘 모르실 수도 있는데 신부전이 있으면 심장효소 수치가 증가합니다."

신부전이라. 환자는 만성 신장병이 있으나 심각하지 않았다. 아직 혈액투석을 고려할 단계가 아니었다. 혈액투석이 필요할 만큼 신장병이 심하면 심근경색과 관계없이 심장효소 수치가 증가하지만 환자는 그런 상황이 아니었다. 환자의 심장효소 수치 증가는 신부전이 원인일 가능성이 희박했다.

"선생님, 환자는 만성 신장병이 있으나 심장효소 수치가 증가할 만큼 심하지 않고 새롭게 심한 신장 손상이 나타났을 가능성도 크지 않습니다. 심근경색으로 인한 증가일 가능성이 큽니다."

그러나 전화기 너머에서는 답이 없었다. 이미 상대가 통화를 종료했기 때문이다. 그렇게 환자는 심혈관조영술을 받지 않고 중환자실에 입원했다. 그리고 다음 아침 심혈관조영술을 시행했다. 안타깝게도 심혈관조영술 결과는 심근경색에 해당했다. 또 혈관이 막힌 후, 시간이 지나치게 경과하여 몇몇 혈관은 개통할 수 없어 관상동맥우회로이식술(CABG, Coronary Artery Bypass Graft)란 수술이 필요했다. 환자는 점차 악화된 상태로 수술이 가능한 병원으로 전원했다.

대형 병원 혹은 대학병원 교수, 해외 유명 병원의 연수 경력, 국제인명사전 등재, 화려한 논문 실적, 전통적인 언론매체부터 팟캐스트와 유튜브를 아우르는 활발한 활동, 흔히 말하는 '명의'가 갖추어야 할 조건이다. 이런 조건을 골고루 갖추고 말끔한 외모와 화려한 언변, 강렬한 카리스마까지 지니면 적지 않은 추종자를 거느리며 '교주'에 가까운 권위를 휘두르는 존재가 될 수 있다.

마마님도 그런 부류다. 수도권에 자리한 대형 병원은 아니어도 지역에서 나름의 공신력을 가진 대규모 대학병원의 선임 교수였고 해당 병원의 심장센터를 창설한 '산파'로 칭송받았다. 또 화려한 논문 실적, 의과대학의 경계를 넘어 다른 과학자와 함께 진행하는 큼직큼직한 연구, 국제인명사전 등재 등 업적도 상당했다. 카리스마와 자신감이 넘치는 태도도 '명의'라 부르기에 손색없었다.

그러나 마마님은 일본의 의학 소설《하얀 거탑》을 연상케 하는 복잡한 병원 내 정치에 휘말려 자의 반 타의 반으로 대학병원을 떠났다. 물론 마마님 정도의 명성이면 대학병원을 떠나는 것이 꼭 나쁘지는 않다. 평범한 의과대학 교수와 달리 마마님 정도의 명성을 지닌 '명의'를 환영하는 곳은 많기 때문이다. 고만고만한 중소 병원 입장에서는 명의를 모셔오면 추종하는 환자가 따라올 뿐만 아니라 광고 효과도 상당해서 마마님이 대학병원을 떠난다는 소식이 전해지자 스카우트 경쟁이 벌어졌다.

그리하여 마마님의 짧은 중소 병원 체류가 막을 올렸다. 심장내과와 응급의학과는 서로 밀접하게 이어진 임상과라 나도 마마님에게 맞추어 행동할 수밖에 없었다. 그다지 내키지 않았으나 마마님과 내가 받는 연봉의 차이를 생각하면 어쩔 수 없었다. 자본주의 사회에서 나보다 훨씬 많은 보수를 받는 사람은 해당 조직에서 그만큼 더 중요한 인물이기 때문이다.

그러나 시간이 지날수록 마마님의 행동을 참기 어려웠다. 앞선 사건을 겪은 후에는 동료 의사로 신뢰하기조차 어려웠다. 겉으로 드러나는 모습과 달리 '명의'의 중요한 자질은 '태도'이기 때문이다.

의료를 제대로 알지 못하는 사람, 혹은 피상적으로만 아는 부류는 '명의'가 기적을 행할 수 있다고 믿는다. 평범한 의사는 감히 꿈꿀 수 없는 실력, '신의 손길'이라 불러도 이상하지 않을 힘을 발휘하여 생명을 구하는 존재가 '명의'라고 생각한다. 그러나 안타깝게도 현대 의학에서 그런 특출한 존재는 매우 드물다. 대형 병원에서 일하는 유명한 의사도 평균적인 의사와 환자를 치료하는 실력 자체는 크게 다르지 않다. 다만 훌륭한 의사는 평범한 의사와 비교하여 실수가 적다. 환자에게 세심한 관심을 기울이고 동료 의사뿐만 아니라 간호사 같은 다른 의료인의 의견에도 귀를 열어 실수를 줄이고 '예방 가능한 사고'를 피하는 사람이 진정한 '명의'다.

그래서 함께 일하는 동안, 나는 마마님을 신뢰하지 못했고 단 한 번도 그가 '명의'라고 생각한 적이 없었다. 이제 마마님은 원래 자신이 있던 대학병원으로 돌아갔다. 부디 그가 이제는 진정한 명의가 되기를 바란다.

마음이 아픈 자

환자는 나이를 가늠하기 어려웠다. 통나무가 떠오르는 체형과 여기저기 다양한 크기의 붉은 반점이 부어오른 얼굴로는 나이뿐만 아니라 성별도 구분하기 힘들었다. 옷차림으로 겨우 여성이라 판단할 수 있었다.

문제의 붉은 반점은 얼굴에만 국한되지 않았다. 엄지 크기부터 손바닥 크기까지의 다양한 반점이 팔에도 있었다. 처음 얼굴의 반점을 보고 화상 흉터 혹은 신경섬유종(neurofibromatosis) 질환이 아닐까 의심했던 생각이 사라졌다. 자세히 살펴보니 등에도 비슷한 반점이 있으며 거기에는 '부항'이란 도구를 사용한 흔적이 명확했다. 따라서 얼굴과 팔에 있는 반점도 부항을 사용한 '사혈요법'이 남긴 흉터일 터였다.

게다가 환자의 상태가 기묘했다. 지나가던 행인의 신고로 119구급대가 길거리에서 이송한 환자는 눈을 꾹 감고 있으려 애썼다. 자극을 주면 손이 움찔하고 눈꺼풀이 파르르 떨리는데도 눈을 뜨지 않기 위해 최선의 노력을 다했다. 환자는 의식을 잃은 것이 아니라 그런 것처럼 가장하는 상태였다. 간호사가 측정한 생체 징후 역시 모두 정상 범위였다. 환자에게 신체적 문제가 없다고 완벽하게 단정할 수는 없어도 정신과 문제가 있는 것은 확실했다. 행정 직원이 환자의 신원을 파악해 과거 의무 기록을 살펴보자 그 내용은 예상보다 훨씬 강렬했다.

환자는 몇 달 전에도 비슷한 증상으로 응급실을 찾았다. 그때도 길거리에서 쓰러져 119구급대에 실려 왔고 환자를 담당한 응급실 전담 의사는 머리 CT와 혈액 검사를 처방했다. 다행히 CT에는 별다른 이상이 없었으나 놀랍게도 혈액 검사 결과 혈색소(hemoglobin) 수치가 5.7밖에 되지 않았다. 일반적으로 혈색소 수치의 정상 범위는 12~16이다. 여성 혹은 고령일 경우 10~11 정도의 수치도 정상일 수 있으나 그 이하는 확실히 빈혈이다. 특히 혈색소 수치가 8 이하인 경우에는 수혈이 필요하다. 또 빈혈을 치료할 때는 수혈과 철분제 복용으로 단순히 혈색소 수치를 올리는 것보다 빈혈의 원인을 찾는 것이 중요하다. 외상으로 출혈이 발생한 경우가 아니라면 응급실을 찾은 빈혈 환자에게서 가장 먼저 고려할 질환은 위궤양 출혈, 십이지장궤양 출혈, 위식도정맥류 출혈 같은 상부 위장관 출혈이다. 그러나 환자는 수혈을 거부했을 뿐만 아니라 빈혈의 원인을 찾는 모든 검사를 완강히 거부하고 퇴원했다. 그때 환자를 담당한 응급실 전담 의사가 남긴 의무 기록에는 환자가 진료를 거부한 이유가 없었기 때문에 훨씬 전의 의무 기록도 살펴봐야 했다. 2년 전에는 '누군가 독가스를 살포해서 나를 죽이려 한다'고 주장하며 응급실을 찾아 독가스 검사를 요구했다. 그때도 혈액 검사에서 혈색소 9 정도의 빈혈 외에 특별한 이상은 없었으며 환자는 정신과 진료를 거부하고 퇴원했다. 4년 전에는 3~4회에 걸쳐 '자고 일어나니 느낌이 이상하다'고 호소하며 자신이 강간당했다면서 내원했고 그때마다 경찰과 해바라기센터(성폭력 지원센터) 담당자가 출동하여 조사했으나 환자의 주장일 뿐, 사실이 아닌 것으로 드러났다. 또 비슷한 시기에 소화기내과 외래를 방문한 의무 기록에는 '죽지 않으려고 사혈요법을 한다'는 진술이 있었다.

그렇게 모은 퍼즐을 맞추자 윤곽이 드러났다. 환자는 사람들이 자신을 밤마다 강간하고 독가스를 살포해서 죽이려 했으며 그게 여의치 않자 미친 사람으로 몰아세우고 담당 형사를 매수하여 사건을 은폐했다고 믿는 듯했다. 또 누군가 자신에게 조금씩 독을 먹이고 세균을 주입하고 있어 매일 부항을 이용해서 나쁜 피를 뽑아내야 한다고 했다. 전형적인 피해망상이었다.

나는 일단 행정 직원에게 보호자를 찾도록 부탁하고 머리 CT와 혈액 검사를 처방했다. 예상대로 이번에도 CT는 정상 범위였으나 혈색소 수치는 5.2에 불과했다. 곧 보호자가 도착하자 환자는 거짓말처럼 눈을 뜨고 침대에서 일어났다. 이제 대화의 시간이었다.

"정신을 차렸군요. 길거리에서 쓰러졌고 의식이 없어 머리에 CT를 찍었습니다만 다행히 뇌출혈 같은 이상은 관찰되지 않았습니다. 어쨌거나 의식을 찾아서 다행입니다"

내 말에 보호자는 짧게 숨을 내쉬었으나 환자의 얼굴에는 만족스러운 표정이 떠올랐다. 환자와 보호자 모두 예상과 딱 떨어지는 반응이라 부드럽게 말을 이었다.

"그런데 지난번에도 같은 증상으로 오셨더군요. 불과 6개월도 지나지 않았는데요. 그때도 길거리에서 쓰러져 119구급대에 실려 오셨고 당시 혈액 검사 결과를 보니 아주 심각한 빈혈이 있으시네요. 혈색소 수치는 12~16이 정상이고 8 정도만 되어도 수혈을 고려하는 심각한 빈혈인데 당시 혈색소 수치가

5.7밖에 되지 않았습니다. 그런데 더 이상 검사하지 않고 퇴원하셨죠? 퇴원 후 사망해도 병원에 책임을 묻지 않겠다는 무시무시한 각서까지 작성하고 말이죠."

그러자 환자와 보호자의 표정이 다시 바뀌었다. 이번에는 보호자가 다소 안도했고 환자는 불만스러운 표정을 지었다.

"오늘도 혈액 검사를 시행했습니다. 그리고 오늘은 혈색소 수치가 5.2밖에 되지 않습니다. 몸 전체 혈액이 정상 수준의 3분의 1밖에 남지 않은 셈이죠. 며칠 만에 이렇게 감소했다면 당장 사망해도 이상하지 않은 정도지만 아무래도 장기간에 걸쳐 조금씩 악화해서 아직 생명에 지장이 없는 듯합니다. 오늘 쓰러진 것도 이 심각한 빈혈이 원인일 가능성이 큽니다. 이 정도 빈혈이 계속되면 심장과 신장 같은 장기에 지속적으로 무리를 주어 나중에는 돌이킬 수 없는 단계에 이를 수도 있습니다. 지난번에도 이런 얘기는 들으셨죠?"

보호자는 연신 고개를 끄덕였으나 환자는 이제 불만이 아니라 화가 치밀어 오른 표정으로 나를 노려봤다. 그러면서 날카로운 목소리로 입을 열었다.

"빈혈이라도 어쩔 수 없어요! 독이 든 나쁜 피는 뽑아내야 해요. 오늘 아침에도 독이 든 피 때문에 눈 색깔이 이상했는데 이제 보세요, 나쁜 피를 뽑아내니 정상이 되었잖아요."

나는 담담한 표정으로 환자를 바라봤다. 그게 당장 맞받아치는 것보다 효과적이다. 그리고는 천천히 입을 열었다.

"사람마다 관점은 다르기 마련입니다만 의학적인 부분은 전문가인 의사의 의견을 따르는 것도 나쁘지 않습니다. 여기 응급실에 있는 다른 분도 모두 그렇게 결정했고요. 지난번에는 빈혈을 제대로 치료하지 않고 퇴원하셨지만, 이번에는 수혈도 받고 입원해서 빈혈의 원인을 치료하는 것이 어떻습니까?"

사실 빈혈의 원인은 이미 안다. 환자가 '독이 든 나쁜 피를 뽑아내야 한다'는 생각에 사로잡혀 매일 부항을 이용해 상당량의 피를 뽑아냈기 때문이다. 이른바 '사혈요법'에 집착했기 때문이라 따지고 보면 정신과 치료가 가장 절실했다. 하지만 정신질환, 특히 피해망상이 심한 환자에게 처음부터 그렇게 말할 수는 없다.

"됐어요. 수혈 안 받습니다."

수혈을 거부하는 이유도 어렵지 않게 추측할 수 있었다. 피해망상이 심한 것으로 보아 수혈을 통해 의사나 간호사가 몰래 독이 든 나쁜 피를 집어넣는다고 믿는 것이었다. 기껏 사혈요법으로 힘들게 나쁜 피를 제거했는데 악의 무리에게 매수당한 의사가 나쁜 피를 다시 집어넣는 것이니 결코 수혈을 허락하지 않을 것이다.

"그러지 말고 이번에는 치료받는 게 어때? 이렇게 쓰러지는 게 한두 번도 아니고."

그때 보호자가 입을 열었다. 그는 아주 간곡한 태도로 말했으나 오히려 환자의 감정이 폭발했다.

"야! 개 같은 새끼, 네가 나한테 이럴 수 있어?! 그래, 너도 내가 죽으면 좋겠다 이거지!"

환자가 폭주했다. 다른 환자가 깜짝 놀라 쳐다볼 만큼 크게 소리쳤는데 뻔한 내용이었다. 너는 얼마나 받아먹었냐, 놈들이 나를 죽이려는 이유나 들어 보자, 형사도 죄다 매수하더니 병원도 똑같다, 하긴 이러면 내가 정신병자라고 할 것이다, 예전에도 내 자동차 문을 열고 독가스를 뿌려 놓고서도 CCTV를 조작해서 미친 여자로 몰았다, 내가 잘 때마다 우리 집 현관을 열고 몰래 들어와서 내 얼굴에 독침을 놓는데 그때도 CCTV를 조작해서 들어오는 영상이 없다는 등 환자는 피해망상에 사로잡힌 채로 끝없이 말을 내뱉었다.

환자는 이번에도 모든 진료를 거부하고 퇴원을 요구했다. 나는 보호자를 설득했으나 보호자의 대답은 간단했다.

"본인이 원하지 않으니 어떻게 강제로 하겠습니까?"

그렇게 환자와 보호자는 응급실을 떠났다.

"신고 내용은 의식 변화입니다."

구급대원은 담담하게 말했다. 119구급대의 이동식 침대에 누운 환자는 눈을 질끈 감고 양손을 가슴에 가지런히 모은 상태였다. 까무잡잡하고 조금 말랐으나 영양실조나 심각한 만성질환을 의심할 정도는 아니었다. 이동식 침대에서 응급실 침대로 옮기는 동안에도 환자는 눈을 질끈 감은 상태를 유지했다. 입과 코 주변을 실룩이는 경미한 변화가 있었고 파르르 눈꺼풀이 떨렸지만 '눈 한번 떠보세요'라는 말에는 전혀 반응하지 않았다. 가볍게 쥔 주먹으로 가슴 중앙 부분을 문지르는 자극에도 변화가 없었다. 다만 주먹을 문지를 때마다 눈꺼풀이 파르르 떨렸고 세게 문지르면 입을 한층 세게 다물었다. 혈압, 맥박, 체온, 호흡수는 모두 정상 범위였다. 아울러 술 냄새는 전혀 나지 않았다.

"언제부터 의식 변화가 있었습니까?"

나는 보호자에게 물었다. 중년에 접어든 보호자는 당황한 표정으로 대답했다.

"잘 모르겠습니다. 오전부터 좋지 않았던 것 같긴 합니다만."

오전부터라. 오전부터 의식 변화가 있었을 가능성은 적다. 솔직히 말하면 정말 의식 변화가 있을 가능성도 희박했다.

"원래 가지고 있는 질환이 있습니까?"

그러자 보호자는 당연한 것을 왜 묻느냐는 표정으로 대답했다.

"당연하죠! 벌써 이 병원에 몇 년째 다니는데 기록도 보지 않습니까?"

천만에. 나는 항상 환자의 과거 의무 기록을 꼼꼼히 확인한다. 당뇨병, 고혈압, 뇌경색, 심장병 같은 만성 질환으로 우리 병원을 다니는 환자라면 '원래 가지고 있는 질환이 있습니까?'란 질문 대신 '우리 병원에서 처방한 약 외에는 드시는 약이 없습니까?'라고 물었을 것이다. 환자는 최근 10년 동안 우리 병원을 방문한 기록이 없었다.

"보호자분, 환자는 최근 10년 동안 우리 병원을 방문한 기록이 전혀 없습니다."

환자의 신분증으로 접수했기에 착오가 있을 리는 없었다.

"혹시 보호자분이 환자와 함께 진료실에 들어가거나 그렇지 않더라도 함께 병원 건물에 들어와서 접수하고 진료실에 환자가 들어가는 것을 확인한 적이 있습니까?"

그 물음에 보호자는 순간적으로 멈칫했다.

"아, 아뇨. 그런 적은 없습니다. 그렇지만 분명히 몇 년 전부터 신장이 나빠서 투석한다고 말했고 매일 병원 앞에 데려다주고 저는 출근했습니다!"

'신장이 나빠서 투석한다'는 것은 만성 신장병으로 인한 혈액투석을 의미한다. 신장, 그러니까 콩팥은 혈액의 노폐물을 걸러 소변을 만든다. 따라서 노폐물을 제대로 거르지 못할 만큼 기능이 저하되면 생명을 유지하기 위해서 기계가 대신할 수밖에 없다. 그럴 때 사용하는 기계가 혈액투석기다. 그런 혈액투석은 몇 시간이 소요되고 단순히 말초정맥(팔과 다리의 피부에 가깝게 분포하며 일반적으로 정맥 주사를 투여할 때 사용, 일시적으로 혈액투석이 필요한 경우 경정맥 사용)에 도관(catheter)을 삽입해서 진행하고 신장 기능을 회복할 가능성이 없어 장기간 혈액투석이 필요한 경우에는 인공적으로 동정맥 누공(A-V fistula, arteriovenous fistula, 인공적으로 피부 가까이 동맥과 정맥을 연결하여 혈액 투석이 가능하도록 만든 통로, 주로 팔꿈치 안쪽 근처에 만듦)을 만들어 진행한다. 그런데 환자는 경정맥 도관도 없고 동정맥 누공도 없었다.

"혈액투석은 그냥 수액을 놓는 것처럼 작은 혈관에 바늘을 꽂아서는 할 수 없습니다. 일시적으로 며칠이나 몇 주가량 혈액투석이 필요할 때는 목에 굵은 관을 꽂아두고 시행합니다. 또 지속적으로 시행해야 하는 경우에는 주로 팔꿈치 안쪽 부분에 수술로 동맥과 정맥을 연결해서 크게 부풀어 오른 통로를 만들어 사용합니다. 그런 방법 없이는 혈액투석을 진행할 수 없습니다. 그러나 보다시피 환자의 몸에는 굵은 관이 꽂혀 있지도 않고 어디에도 부풀어 오른 통로가 없습니다."

당황한 보호자는 말을 잇지 못했다. 나는 잠깐 여유를 준 후 이어 말했다.

"몇 년 동안 우리 병원에 다녔다는 말도 사실이 아닌 것 같습니다. 보호자께서도 그저 병원 앞까지 데려다주었을 뿐, 진료실에 함께 들어가거나 접수한 적은 한 번도 없지 않습니까?"

보호자는 천천히 고개를 끄덕였다. 이내 망연자실한 표정이 되었다. 그는 상심했다기보다 경악했을 것이다. 그는 지난 몇 년간 매일 출근하며 환자를 병원 앞에 내려주었다. 만성 신장병으로 혈액투석을 받는다고 얘기했으니 이래저래 환자에게 관심을 기울이고 배려했을 것이다. 물론 약간의 의학 지식만 있어도 이상한 부분을 눈치챘을 것이다. 일반적으로 투석하는 만성 신장병 환자는 식이 요법이 상당히 까다롭다. 칼륨(potassium)은 나트륨 배설을 촉진하기 때문에 칼륨이 풍부한 음식은 대부분 건강식이다. 그러나 신장 기능이 저하되면 칼륨을 제대로 배설할 수 없고, 칼륨이 혈액에 지나치게 축적되면 부정맥과 함께 심장마비가 발생해서 아주 치명적이다. 그래서 녹색 채소나 과일처럼 칼륨이 풍부한 음식을 만성 신장병 환자는 섭취하지 않아야 한다. 그러나 환자는 그런 식이 제한을 하지 않았을 것이다. 그런 수준의 의학 지식이 있었다면 동정맥 누공을 만들지 않고는 불가능한 혈액투석을 받는다고 거짓말하지 않았을 것이다. 혈액투석이 아니라 간경화 같은 다른 만성 질환을 얘기하는 것이 보다 합리적인 선택이다. 다만 보호자 역시 의학 지식이 많지 않아 환자의 거짓말은 지난 몇 년 동안 들키지 않았다.

"그럼 꾀병이란 말입니까?"

보호자는 떨리는 목소리로 말했다. 나는 고개를 천천히 양쪽으로 저으며 대답했다.

"아닙니다. 단순한 꾀병이라 생각하기 어렵습니다. 육체적 문제가 있을 가능성은 극히 낮습니다만 환자에게는 분명히 질병이 있습니다. 육체적 문제가 아니라 마음의 병이 있을 가능성이 큽니다. 그래도 혹시 모르니 일단 CT와 기본적인 혈액 검사를 시행해서 이상이 없는지 살펴보겠습니다."

정신과 문제라 확실히 판단하기 위해서는 육체적 문제가 없다는 것을 확인해야 한다. 또 현재 증상과 관련되지 않은 별개의 내과 문제가 있을 가능성도 완전히 배제할 수는 없었다. 다행히 예상대로 CT에는 별다른 이상이 없었고 혈액 검사 결과 역시 경미한 빈혈 외에는 모든 수치가 정상 범위였다. 그리고 내가 보호자에게 혈액투석을 받고 있을 가능성이 극히 낮다는 얘기를 건넬 무렵부터 환자는 눈을 부릅뜨고 짜증스런 표정으로 주변을 두리번거리고 있었다.

나는 보호자에게 현재 정신과적 응급증상(자해하거나 타인을 공격할 가능성이 있는 상황)에는 해당하지 않아 당장 인근 대학병원 응급실로 전원해야 할 가능성은 크지 않으나 빠른 시일에 정신과 진료가 필요하다고 설명했다. 다른 병원 정신과 외래를 방문하겠다면 CT와 혈액 검사 결과를 첨부한 진료 의뢰서를 발부할 것이며 우리 병원 정신과 외래를 원한다면 내일 예약을 알아보겠다고 얘기했다.

"아는 병원에 갈 테니 진료 의뢰서를 주십시오."

그러나 보호자가 정말 환자를 설득하여 정신과를 찾았는지, 나는 아직도 회의적이다.

응급실에서 일하다 보면 신체적 질환뿐만 아니라 다양한 종류의 정신 질환도 경험한다. 만성 질환자에게는 우울증이나 공황장애 같은 질환이 적지 않고 퇴행성 치매와 노년 우울증으로 인한 가성치매의 감별은 흔한 업무에 해당한다. 그리고 다양한 방법으로 자해한 환자를 자주 접하고 투신과 음독처럼 정신과 진료에 앞서 일단 생명부터 구해야 하는 상황도 종종 있다.

위에서 살펴본 두 환자도 그저 그들의 이야기가 아주 독특하게 뒤틀렸을 뿐, 그 자체가 드문 사례는 아니다. 물론 두 환자에게 정확히 어떤 정신과 문제가 있는지 나는 알지 못한다. 그 부분은 정신과 의사의 몫이며 응급의학과 의사는 그런 환자를 정신과 의사에게 인도하는 역할이다. 그리고 '정신과 진료가 필요하다'는 권유를 받아들이는 것은 환자와 보호자에게 주어진 몫이다.

적지 않은 환자와 보호자가 비슷한 상황에서 '정신과 진료가 필요하다'는 판단을 받아들이지 않는다. 감정적으로 '정신병이라니 그럴 리 없다'고 생각하거나 '마음의 문제니 의지로 이겨낼 수 있다'고 판단한다. 전자의 경우, 다양한 병원의 응급실과 외래를 방문해서 수많은 검사를 반복한다. 급기야 대학병원뿐만 아니라 서울의 대형 병원까지 찾지만 애초에 육체적 질환이 아니므로 그들의 바람을 충족시키기는 어렵다. 후자의 경우에는 유명한 상담사, 스님, 신부님, 목사님을 찾는다. 심지어 용한 무당이나 점쟁이를 찾기도 하고 마음을 수행하는 학원을 다니기도 한다. 그러나 의지로 이겨낼 수 있다면, 질병이 아니다. '정신 질환'이라 부르는 이유는 단순히 의지만으로 이겨낼 수 없기 때문이다.

너무나 많은 사람이 자신뿐만 아니라 주변까지 황폐해지는 동안 제대로 된 치료를 받지 못할 때가 많다. 심지어 무고한 사람에게 심각한 피해를 입히기도 한다. 이제는 이런 문제에 사회가 관심을 기울일 시기가 아닐까?

응급실의 아이들

환자는 가슴을 짜내듯 힘겹게 숨을 몰아쉬었다. 구급대원이 비강 카테터를 이용해서 산소를 공급했으나 환자의 증상을 호전시키기에는 역부족인 듯했다. 환자는 119구급대의 이동식 침대에 상체를 앞으로 잔뜩 숙이고 앉아 제대로 쉬어지지 않는 숨을 거칠게 내뱉었다. 혈압과 체온은 정상 범위였으나 호흡수는 분당 35~40회로 크게 증가했고 맥박 수 역시 분당 110~120회로 빨랐다. 나는 즉시 청진기를 들어 환자의 호흡음을 확인했다. 오른쪽 폐의 호흡음은 현저하게 감소해서 잘 들리지 않았고 왼쪽 폐에서는 천명음(wheezing, 기관지가 지나치게 수축하여 호흡 곤란이 발생하면 들리는 쌕색이는 소리)과 수포음

(crackle, 폐에 습기 혹은 물이 차면 들리는 소리)이 들렸다. 센서를 사용해서 측정한 산소포화도는 겨우 80%를 넘겼다. 그래서 비강 카테터 대신 보유주머니 마스크(reservoir bag mask, 인공호흡기를 연결하는 것을 제외하고 가장 많은 산소를 공급하는 방법)를 사용하라 지시하고 흉부 X-ray를 처방했다. 오른쪽 폐음이 거의 들리지 않을 만큼 감소했다는 것은 결핵 같은 만성 질환으로 오른쪽 폐가 거의 파괴되었거나 기흉(pneumothorax)이나 심각한 흉수(pleural effusion, 흉강에 고인 물)로 폐가 제대로 기능하지 못하는 것을 의미했는데 왼쪽 폐의 천명음과 수포음은 흉수나 기흉으로 설명할 수 없어 오른쪽과 왼쪽 폐에 각각 다른 병변이 있을 가능성이 높아 빠른 확인이 필요했다.

그런데 흉부 X-ray를 시행하는 것이 쉽지 않았다. 물론 호흡 곤란이 심한 환자에게 산소를 투여하며 X-ray를 시행하는 것은 쉬운 일이 아니다. 다만 환자는 의학적 요소 외에 다른 문제도 있었다. 병원의 모든 시스템은 전산화해서 X-ray를 시행하려면 등록이 필요하나 의료보험증, 여권, 주민등록증, 운전면허증 등 신원을 파악할 수 있는 소지품이 전혀 없었고 환자는 호흡 곤란이 너무 심해 제대로 말할 수 없는 상태였다. 그래서 구급대원에게 누가 신고했는지, 현장에서 동행한 보호자가 있는지 묻자 난처한 표정으로 어깨를 으쓱이며 대답했다.

"그게 말이죠. 아들이 신고했습니다."

그제야 환자를 따라 응급실에 들어온 꼬마를 인식했다. 초등학교 1학년 혹은 2학년, 아무리 나이가 많아도 초등학교 3학년은 넘지 않을 짱구머리 꼬마는 옷차림은 초라해도 동그란 검은 테 안경 아래에서 눈이 빛났다. 그러나 아무리 똘똘해도 그 또래 아이가 아버지의 주민등록번호를 알 가능성은 크지 않았다.

"아버지 성함이 뭐니?"

꼬마에게 물을 때도 크게 기대하지 않았으나 놀랍게도 꼬마는 아버지의 이름과 생년월일을 똑 부러지게 대답했다. 다행히 몇 년 전 우리 병원을 방문한 적이 있어 주민등록번호를 몰라도 전산 시스템에 등록할 수 있었다. 그런 과정을 거쳐 시행한 흉부 X-ray에서 예상보다 심각한 문제를 발견했다.

일단 오른쪽 폐는 정상으로 기능하는 부분이 10~20%에 불과했다. 나머지는 그저 하얗게 보였다. 일반적으로 X-ray에서 폐가 하얗게 보이는 것은 흉수나 농양(abscess, 고름)일 가능성이 큰데, 병변 모양이 독특했다. 흉수라면 일어서서 찍은 흉부 X-ray에서는 아래쪽으로 모이고 농양이라면 타원이나 반원 모양을 지니기 마련인데 환자의 병변은 거대한 기둥이 오른쪽 가슴에 박힌 것 같았다. 다르게 생각하면 종격동(mediastinum)이 커진 것처럼 보였는데 그런 식으로 종격동이 확장하는 병변은 대동맥박리(aortic dissection)일 때 나타난다. 하지만 그 병변이 대동맥박리라면 호흡 곤란뿐만 아니라 극심한 흉통을 호소해야 했다. 또 그 정도 크기까지 진행한 대동맥박리라면 저혈량성 쇼크가 발생한다. 오른쪽 폐와 달리 환자의 왼쪽 폐에는 전체의 1/3에 걸쳐 전형적인 폐렴 병변이 확인되었다. 오른쪽 폐의 병변을 규명하기 위해 흉부 CT를 처방했다.

흉부 CT를 촬영하는 5~10분의 짧은 시간이 흐르고 진료용 컴퓨터를 통해 영상을 확인하자 이번에도 전혀 예상하지 못한 병변이 나타났다. 흉부 X-ray에서 환자의 오른쪽 폐 대부분을 차지한 하얀 기둥 같은 병변은 다름 아니라 위였다. 폐와 심장이 자리한 흉강(thoracic cavity)과 위, 간, 신장, 소장, 대장 같은 장기가 위치한 복강(abdominal cavity) 사이에는 횡격막(diaphragm)이란 단단한 근육막이 있어 양쪽 공간이 독립적으로 구분된다. 대동맥, 대정맥, 식도는 흉강을 지나 복강까지 이어져서 횡경막에는 이 구조물이 통과하는 구멍이 있다. 물론 대동맥, 대정맥, 식도 이외 장기나 조직이 그 구멍을 통과하는 경우는 극히 드물다. 다만 가끔씩 위의 일부분이 그 구멍을 통해 흉강으로 말려 들어갈 때가 있다. 그런 질환을 열공탈장(hiatal hernia)이라 부르는데 응급 수술이 필요하거나 심각한 문제를 일으키는 사례는 많지 않다. 그러나 환자는 위의 일부분이 흉강으로 말려 들어간 것이 아니라 전체가 흉강에 있었다. 며칠, 몇 주 혹은 몇 달 정도가 아니라 최소 수년이 경과했을 가능성이 컸고 오른쪽 흉강 대부분을 위가 차지하여 오른쪽 폐는 쪼그라들어 거의 기능을 하지 못했다. 다행히 왼쪽 폐에는 만성 병변은 없으나 X-ray에서 확인했던 것과 마찬가지로 아래쪽 1/3에 심한 폐렴이 있었다.

CT까지 시행하자 호흡 곤란을 일으킨 원인이 명확해졌다. 오랜 시간에 걸쳐 진행된 열공탈장으로 사실상 오른쪽 폐는 기능이 상실되어 있었다(사실 이 부분도 조금 이상했다. 보통 열공탈장은 왼쪽에 생기는데 환자의 경우에는 아주 심한 열공탈장이 오른쪽에 있었기 때문이다. 그리고 위의 일부만 딸려 올라간 것이 아니라 아예 식도가 짧아지면서 전체가 흉강으로 올라간 형태였다). 왼쪽 폐는 정상이라 일상생활에 큰 문제는 없었으나 왼쪽 폐에 폐렴이 생기자 심한 호흡 곤란이 발생한 듯했다.

다행히 기관지 확장제를 분무하자 보유주머니 마스크를 쓴 상태에서 산소포화도는 96~97%까지 상승했다. 물론 여전히 호흡 양상이 좋지 않아 조금만 악화하면 기관내삽관(endotracheal intubation)과 인공호흡기 치료(ventilator care)가 필요했다.

그래도 일단 정맥 항생제를 투여하고 중환자실로 입원해서 치료를 지속할 상황이었다.

그런데 의학적 요소 외 사안이 문제였다. 호흡 곤란이 다소 완화되어 대화가 가능했으나 아내나 형제가 있느냐는 질문에 제대로 대답하지 못했다. 호흡 곤란뿐만 아니라 환자에게는 정신과 문제가 있는 듯했다. 집요한 물음에도 보호자 여부에 대해 쓸만한 정보를 얻지 못했을 때, 이번에도 검은 테 안경의 꼬마가 다가와서 말했다.

"여기, 고모예요."

꼬마는 약간 당돌한 태도로 휴대폰을 건넸다. 휴대폰에는 환자의 누나가 연결되어 있었다. 나는 환자의 누나에게 중환자실 입원이 필요하며 조금 더 악화하면 인공호흡기 치료를 시작해야 하는 상황임을 설명하고 병원으로 와달라고 부탁했다. 30분 후 환자의 누나가 응급실에 도착했고 재차 환자의 상황을 설명하고 중환자실 입원장을 발부했다.

그러고 보면 호흡 곤란에 끙끙대는 아버지를 119에 신고한 것도 검은 테 안경의 꼬마였다. 119에 신고하고, 아버지의 신원을 파악할 수 있도록 돕고 고모에게 전화하여 휴대폰을 건네준 것, 모두 검은 테 안경의 꼬마였다. 기특하다고 해야 할지, 안쓰럽다고 해야 할지 모를 애매한 감정을 느끼며 몇 년 전 응급실을 찾은 비슷한 또래의 꼬마를 떠올렸다.

아이는 왜소했다. 입고 있는 옷은 세탁할 시기가 지나 꼬질꼬질했다. 아이는 가까스로 걸음을 옮겼으나 심한 통증에도 얼굴만 찌푸릴 뿐, 신음도 크게 지르지 못할 만큼 탈진한 상태였다. 지금 생각해 보면 아이는 탈진하지 않았어도 얼굴을 찌푸리는 것 외에 다른 행동을 하지 못했을 것이다. 보호자 때문이었다.

아이와 동행한 보호자는 아버지였다. 아버지도 꼬질꼬질한 옷차림에 키가 그리 크지 않음에도 구부정했다. 술에 취하지 않았으나 가끔씩 떨리는 손과 탄력 없이 까무잡잡한 피부, 상태가 좋지 않은 치아를 봤을 때 알코올 의존증이 있을 것이라 예상했다. 응급실에 들어올 때부터 그는 짜증이 치밀어 오른 상태였는데, 이유는 다름 아니라 아이였다. 아이가 아파서는 아니었다. 아픈 아이를 걱정하는 불안과 짜증이 아니라 아이가 아파 병원에 데려오는 것에 시간과 돈이 들어 화가 난 상태처럼 보였다.

"이놈이 아파서요."

사내는 대수롭지 않게 얘기했으나 아이의 체온이 40도를 넘었다. 탈진한 상태였고 응급실에 들어올 때부터 자연스럽지 않게 어기적어기적 걷는 걸로 보아 복부에 문제가 있을 가능성이 컸다. 예상대로 이학적 검사에서 상복부에 심한 통증과 압통을 확인했다.

"오후에 OO병원 응급실에도 갔는데 이놈이 주사를 맞고도 계속 아프다지 뭡니까. 어린놈이 엄살은.'

사내는 지나치게 공손해서 비굴하게 느껴졌다. 그러나 아이를 바라보는 눈빛은 매우 거칠었다. 응급실이 아니었다면, 의사를 마주하고 있는 상황이 아니라면, 당장이라도 아이의 빰을 때릴 것만 같았다. 그에게 아픈 아이는 걱정과 염려의 대상이 아니라 짜증나고 성가신, 거추장스러운 존재에 불과했다.

"보호자분은 아버님입니까?"

존댓말을 사용해서 정중하게 물었으나 사내에 대한 나의 태도는 냉정하고 사무적이었다. 거기에다 날카로운 눈빛으로 쏘아보니 사내도 아픈 아이만큼 움츠러들었다.

"아, 예."

사내는 그저 아이를 거칠게 다룰 뿐, 악랄한 존재와는 거리가 있었다. 그렇다고 사내가 선량한 남자란 뜻은 아니다. 악랄한 인간이 되기에는 그저 능력과 배짱이 부족했을 뿐이다.

"환자는 고열과 심한 복통이 있습니다. 특히 상복부 압통이 아주 심해 단순한 위경련이나 장염이 아닐 가능성이 있습니다. 수술 혹은 시술이 필요한 심각한 질환일 가능성이 커서 지금 당장 복부 CT가 필요합니다."

나는 단호하게 말했다. 사내는 잠깐 우물쭈물했으나 오래 고민하지는 않았다. 아이는 의료보험이 아니라 의료보호에 해당해서 복부 CT를 찍어도 응급 상황이면 진료비가 거의 나오지 않기 때문이다.

고열을 동반한 복통이며, 이학적 검사에서 상복부에 심한 압통이 있어 복부 CT를 처방했으나 뚜렷하게 어떤 질환일 것이라 예상하기 어려웠다. 성인이라면 담낭염 혹은 담관염을 의심하겠으나 어린아이에게는 흔하지 않은 질환이다. 위궤양 천공으로 인한 복막염과도 증상이 비슷하나 역시 아이에게는 드문 경우라, 외상으로 인한 복막염을 의심했다. 그러니까 아동학대일 가능성이 있었고 사내의 태도를 고려하면 개연성은 충분했다.

그러나 CT 결과는 예상을 빗나갔다. 외상으로 인한 복막염에 해당하는 병변은 어디에도 관찰되지 않았다. 다만 담낭이 터질 듯 부풀어 올랐고 주변에 염증이 심했다. 담관 역시 심하게 확장되었고 1cm 크기의 결석이 존재했다. 담관결석으로 인한 급성 담관염(acute cholangitis d/t CBD stone)이 아이의 문제였다.

담관결석으로 인한 담관염을 쉽게 설명하면, 일단 쓸개라고도 부르는 담낭은 간(liver)과 함께 우상복부에 자리한 장기다. 담낭의 기능도 간과 관련이 깊은데 간에서 만들어진 담즙을 저장하는 창고의 역할이다. 지방을 분해하는 소화효소인 담즙은 담낭에 저장되었다가 음식을 섭취하면 담관(bile duct)이란 통로를 통과하여 십이지장으로 분비한다. 그런데 종종 담낭에 저장된 담즙이 엉켜 덩어리가 만들어진다. 결석이라 부르는 그 덩어리 때문에 담낭에 염증이 발생한다. 그런 질환을 담낭염(acute cholecystitis)이라 부른다. 때로는 담낭에서 만들어진 결석이 담즙을 분비하는 통로인 담관을 막아 역시 염증이 발생하며 그 질환이 담관염(cholangitis)이다. 두 질환은 초기 증상이 비슷하나 치료는 다르다. 담낭염은 담낭을 제거하는 수술, 담낭절제술(cholecystectomy)이 치료법이며 담관염은 담관을 막은 결석을 제거하는 시술인 내시경역행담췌관조영술(ERCP, Endoscopic Retrograde Cholangio-Pancreatography)이 필요하다. 담낭염과 담관염, 모두 신속하게 치료하지 않으면 패혈증으로 악화하여 사망할 가능성이 있는 질환이다.

그런데 내시경역행담췌관조영술이란 길고 어려운 이름처럼 담관염을 치료하는 시술은 아주 숙련된 의사만 시행할 수 있다. 따라서 중소 병원에서 시행하는 경우는 드물고 주로 대학병원에서 진행한다. 상황이 복잡했다. 인근 대학병원에 연락했으나 '소아에 대한 시술은 가능하지 않다'는 답변이 돌아왔다. 가까운 대도시에 자리한 몇몇 대학병원에도 문의했으나 '소아를 시술하는 교수님이 해외 학회입니다', '우리 병원에는 소아를 시술하는 의료진이 없습니다' 같은 이유로 전원이 가능하지 않았다.

어쩔 수 없이 레지던트로 수련한 대학병원에 연락하기로 결심했다. 자동차로 1시간 30분에서 2시간 거리에 있어 평소에는 환자를 전원하는 경우가 극히 드물었다. 그러나 해당 대학병원에도 소아를 시술하는 의료진은 없었다. 따지고 보면 내시경역행담췌관조영술은 대부분 성인에게 시행하는 시술이니 소아에 그런 시술을 전담하는 의료진이 없는 것이 당연했다.

그래서 방법을 조금 바꾸었다. 일단 수련한 대학병원의 소아과에 연락했다. 당연히 '우리 병원에는 소아에 그런 시술을 시행하는 교수님이 없다'는 답변을 들었으나 이번에는 그냥 물러서지 않았다. 혹시 소화기내과에서 환자에게 시술을 진행하겠다고 약속한다면 소아과에 입원해서 시술 전과 시술 후 치료를 이어갈 수 있는지 문의하자 '그런 경우에는 입원이 가능하다'고 했다. 그런 다음 해당 병원의 내과 당직 레지던트에게 전화해서 환자의 상황을 설명하고 소아과에서 입원 치료를 담당하겠다고 약속했으니 내과에서 내시경역행담췌관조영술을 시행할 수 있는지 조심스레 물었다. 내과 레지던트는 처음에는 망설였으나 설득을 계속하자 '일단 교수님께 보고하겠다'고 말했다. 잠시 후 '소아과에서 환자를 담당하고 우리는 딱 시술만 하는 조건이라면 가능하다'는 연락을 받아 드디어 문제를 해결했다.

그런데 복잡한 문제를 해결했다는 성취감에 들떠 진료 의뢰서를 작성하고 복부 CT와 혈액 검사 결과를 출력할 무렵, 아이의 아버지가 쭈뼛거리며 다가왔다.

"구급차 비용이 10만 원 넘는다고 들었는데 꼭 가야 합니까? 그냥 주사 맞고 열이나 잡아 주면 안 됩니까?"

사내에게 벌써 몇 번이나 담관결석으로 인한 담관염이 어떤 질환인지 설명했고 응급으로 시술을 진행하지 않으면 패혈증으로 악화하여 사망할 수 있음을 알려준 터라 약간 짜증이 밀려왔다. 그러나 확실히 사내와 아이의 경제적 형편에서 두 시간 거리의 병원까지 이송하는 구급차 비용은 큰 부담이었다. 병원 간 환자 이송을 담당하는 사설 업체의 대표에게 전화해 아이가 처한 상황을 설명하자, 그 대표는 '그러면 이번만큼은 비용을 받지 않겠다'고 흔쾌히 대답했다. 하지만 사내에게 그 기쁜 소식을 알려도 무덤덤했다. 오히려 그는 다시 쭈뼛거리며 물었다.

"그런데 병원비가 1만 5천 원이 나왔네요. 거기 가서 시술하면 또 몇 만 원은 나올 것 같은데 꼭 가야 합니까? 며칠 있다가 가면 안 될까요?"

앞서 말했듯, 아이는 의료보호에 해당했다. 그러니 꼭 필요한 진료에는 거의 비용이 발생하지 않는다. 따라서 아이가 의료보호가 아니었다면 진료비가 수십 만 원은 가뿐하게 넘었을 것이다. 마찬가지로 대학병원으로 이송한 후에도 사내의 말처럼 아이에게 청구되는 진료비는 몇 만 원에 불과하지만, 의료보호가 아니라 의료보험에 해당하는 환자라면 1백만 원을 훌쩍 넘을 것이 틀림없다. 그런데도 몇 만 원의 진료비를 들먹이며 꼭 거기까지 가야 하냐며 묻는 것은 정말 돈이 없어서가 아니라 아이에 대한 관심이 부족하기 때문이다. 심지어 20만 원이 넘는 이송 비용조차 부담하지 않도록 도와주었는데 말이다.

"이봐, 당신! 아버지라면 아버지답게 행동하라고! 당신이 술 마시며 쓰는 몇 만 원은 아깝지 않고 아픈 아이에게 쓸 몇 만 원은 그렇게 아깝나? 아이는 지금 당장 전원해서 시술하지 않으면 죽습니다. 알겠습니까? 며칠 후에 가면 죽는다고!"

나는 감정이 폭발했다. 평소라면 보호자에게 하지 않을 말과 태도를 보였다. 효과는 있었다. 사내는 더 이상 '며칠 후에 가면 안 되나?', '그냥 열만 내려 달라'는 말을 내뱉지 않고 순순히 지시에 따랐다. 다행히 대학병원으로 전원한 아이의 시술은 성공적으로 끝났다. 열흘 후 아이는 완전히 회복하여 퇴원했다고 해당 대학병원의 소아과 레지던트가 알려 주었다.

누구에게나 어린 시절은 아주 소중한 시간이다. 모든 사람은 행복한 어린 시절을 보낼 권리가 있다. 그 행복은 단순히 부유하고 안락한 환경만을 의미하지 않는다. 부유함에도 행복하지 못한 어린 시절이 될 수 있고 경제적으로 부족해도 행복한 어린 시절을 보낼 수 있다.

몸이 아픈 아버지를 돌보며 이따금씩 보호자의 의무를 감당하는, 너무 빨리 철이 든 아이와 술에 취한 날을 헤아리는 것보다 술에 취하지 않은 날을 헤아리는 것이 쉬운 아버지와 살아가는 아이. 두 아이는 '행복'한 어린 시절과는 거리가 먼 시간을 보내고 있었다. 이제 우리 사회도 모든 아이가 행복한 어린 시절을 보낼 수 있도록 관심을 기울여야 할 것이다.

돈 그리고 사람

응급실은 비어 있는 침대를 찾을 수 없을 만큼 붐빈다. 그런데도 번쩍이는 불빛과 함께 구급차가 연이어 도착한다. 의사와 간호사는 약간 찡그린 얼굴 혹은 찡그릴 힘조차 없어 밋밋한 표정과 그에 어울리지 않는 빠른 걸음으로 여기저기 분주하게 움직인다. 의사와 간호사가 내뱉는 낯선 의학 용어, 고통을 호소하는 환자의 목소리, 누가 주인인지 명확히 알기 힘든 울음, 휠체어와 이동식 침대의 바퀴가 굴러가는 소리, 인공호흡기의 규칙적인 소음, 약병과 의료용 가위 등 의료기구가 부딪히는 소리, 어울리지 않는 웃음, 화나서 항의하는 목소리, 슬픔에 길게 탄식하는 한숨이 모여 응급실만의 음악을 만든다. 그뿐만 아니라 소독용 알코올 냄새, 비릿한 피 냄새와 청소용 락스에서 풍기는 자극적인 냄새, 토사물과 대변의 쿰쿰한 냄새, 찌든 땀과 말라붙은 소변의 지린내까지 응급실이 가진 냄새도 있다. 그리고 그 모두 '혼란'이란 단어와 어울린다.

실제로 응급실이라 했을 때, 가장 먼저 떠오르는 단어가 '혼란'이다. 그러나 곰곰이 생각하면 '응급실'과 '혼란'을 함께 떠올리는 상황은 바람직하지 않다. 응급실은 환자들의 다양한 증상을 진단해서 경증 질환과 중증 질환을 감별하고 적절한 조치를 신속하게 시행하는 곳이라 병원의 다른 어느 부분보다 질서 있고 체계적이어야 한다. 하지만 불과 몇 년 전까지도 응급실을 출입하는 사람에 대한 기본적인 통제조차 이루어지지 않을 때가 많았다. 꼭 필요한 경우가 아니면 의료진을 비롯한 병원 직원의 응급실 출입도 통제하는 것이 원칙이나 환자마다 적게는 서너 명, 많게는 수십 명의 보호자가 드나드는 사례가 빈번했다. 심지어 환자나 보호자가 아닌 외부인도 마음대로 출입할 수 있었다. 그런 문제는 '신종 플루'라 불리던 H1N1 독감 대유행을 지나면서도 고쳐지지 않았고 '메르스 사태'를 겪으며 비싼 대가를 치르고야 겨우 개선됐다. 그래서 요즘에는 일정 규모 이상의 응급실에는 외부인이 마음대로 드나들 수 없다. 우리 응급실도 마찬가지라 응급실 출입문은 외부에서 열리지 않는다. 모든 환자는 의식 저하와 호흡 곤란 같은 심각한 증상이 아니면 절차에 따라 응급실 접수처를 거친다. 물론 모두가 그런 절차에 협조하는 것은 아니다. 경미한 증상에도 응급실 접수처 직원에게 화내며 목소리 높이는 사람도 있고 밖에서 열리지 않는 응급실 문을 주먹으로 내려치며 힘껏 발길질하는 경우도 드물지 않다. 그런 무모함 혹은 배짱이 없는 사람은 다른 환자 때문에 응급실 문이 열렸을 때, 몰래 들어와 막무가내로 진료를 요구한다. 그 환자도 그랬다.

그 환자는 행정 직원이 다른 환자를 위해 응급실 출입문을 열자 몰래 응급실에 들어왔다. 그리고는 나에게 다가와 다짜고짜 말했다.

"어서 주사 한 대 주구려!"

약간 등이 굽고 조금 말랐으나 나이에 비해 튼튼한 체형, 역시 또래에 비해 빠르고 민첩한 걸음, 곱슬거리는 하얀 머리카락, 적당히 주름 잡힌 얼굴, 환자는 실제보다 5~10년 정도 젊어 보였다. 차분하게 살펴보면 실제 나이를 짐작하는 것이 어렵지 않아 길거리에서 마주했다면 '나이에 비해 정정한 할머니'라 생각하며 앞으로도 건강하길 바랐을 것이다. 그러나 응급실에서 마주하는 것은 다른 문제다.

"OOO 님, 응급실은 응급 환자를 진료하는 곳입니다. 주사를 달란다고 무조건 주지 않습니다. 일단 진찰부터 시작하고 진단에 따라 적절하게 조치하겠습니다. 응급실에서 약물을 투여하거나 검사를 진행할 질환에 해당하지 않는다고 판단되면 내일 외래 진료를 예약해드리겠습니다."

간략하게 설명한 다음 옆에 있는 간호사를 바라보며 고개를 끄덕였다. 간호사는 혈압, 맥박, 호흡수, 체온 따위를 측정하기 위해 다가갔다. 환자는 간호사의 손을 뿌리치며 말했다.

"그런 게 어디 있어! 오늘만 주사 한 대 달라니까. 내가 오죽하면 여기 왔겠어!"

환자가 응급실에 들어오기 전부터 그런 상황을 예상했다. 출근길에 이미 환자가 병원 주변을 서성이는 것을 목격했기 때문이다. 그렇게 병원 주변을 서성이다 갑자기 응급실에 들어와 '주사 한 대'를 요구하는 것은 며칠 혹은 몇 주, 몇 개월의 일이 아니었다. 환자는 몇 년 전부터 응급실에 들어와 막무가내로 '주사 한 대'를 요구했다. 외래를 방문해서 '주사 한 대'를 요구한 것까지 따지면 10년 남짓한 시간을 거슬러 오른다. 다른 병원에서 '주사 한 대'를 투여받은 것까지 따지면 얼마나 많은 시간을 되짚어야 할지 알 수 없을 정도다. 그런데 놀랍게도 환자에게는 '주사 한 대'가 필요한 질환이 없다. 나이에 비해 건강했고 고혈압, 당뇨병, 만성 신장병, 만성 폐쇄성폐질환,

심부전 혹은 협심증 같은 만성 질환도 없다. 늘 '속이 따갑고 견디지 못할 만큼 불편하니 주사 한 대 달라'고 요구하나 몇 차례 시행한 위 내시경과 복부 CT에도 특별한 이상이 없었다. 환자의 증상은 육체적 문제(organic lesion)보다는 심리적 문제에 가까웠고 '약물 의존증'에 해당했다. 처음에는 정중하게 부탁하고 다음에는 불쌍한 표정으로 동정심을 유발하며 간청하다 갑자기 화내고 욕설과 저주를 퍼부으며 협박한다. 그러다가 다시 '이번만 주사 한 대 주면 다시는 오지 않겠다'는 지키지 못할 약속을 내걸고 타협을 시도하는 행동은 약물 의존증에서 쉽게 찾아볼 수 있다.

"벌써 몇 년째 비슷한 상황을 반복하고 있지 않습니까? 저의 대답은 항상 같습니다. 진료해서 이상이 있으면 그에 따라 필요한 조치를 취할 것입니다. 만약 응급실에서 조치할 이상이 관찰되지 않으면 그냥 귀가하셔야 합니다. 물론 이번에도 그럴 가능성이 높지만 진료해야 정확히 알 수 있으니 간호사의 혈압 측정과 체온 측정에 협조하고 안내하는 침대에 누우세요."

그러면 환자는 앞서 말한 부탁, 간청, 협박, 타협 가운데 하나를 선택한다. 무엇을 선택해도 결과는 크게 다르지 않다.

"지난 몇 년 동안 경험을 통해 아시겠으나 제 대답은 같습니다. 진료하지 않고 무조건 진통제 주사를 드릴 수는 없습니다. 진료한 후 진통제가 필요하면 처방하겠습니다. 또 검사가 필요하면 시행하겠습니다. 그러나 아무것도 하지 않고 환자가 원한다고 합당한 이유 없이 진통제를 처방할 수는 없습니다."

결국 환자는 포기하고 응급실을 떠난다. '의사가 벼슬인 줄 아느냐', '사람이 융통성이 있어야지 저렇게 딱딱하니까 말단 응급실을 벗어나지 못하는 것이다', '내일 아침에 아들을 데리고 와서 병원에 본때를 보여 주겠다', '응급실 의사는 부모도 없는 인간이냐'. 환자의 상상력으로 동원할 수 있는 모든 악담을 퍼붓고 사라지는데 놀랍게도 1~2시간 후면 언제 그랬냐는 듯, 평온한 표정으로 나타나 '어서 주사 한 대 주구려!'란 말을 반복한다.

'어서 주사 한 대 주구려!'를 외치는 환자 외에도 응급실 진료가 필요하지 않은 경우가 꽤 있다. 진통제나 안정제 같은 약물 의존증 외에도 단순히 '몸이 안 좋으니 수액을 달라', '마음이 불안하니 수액을 달라', '아픈 곳은 없는데 그냥 수액을 달라'고 요구하는 경우가 많다. 그런데 놀랍게도 몇몇 환자는 그런 이유와 목적으로 진료받고도 본인이 직접 지불하는 진료비가 거의 없다. 그들이 의료보호에 해당하기 때문이다.

멀리서 들리던 요란한 사이렌 소리가 사라지자 회전하는 붉은 불빛과 함께 구급차가 응급실 앞에 도착했다. 나는 수술 장갑을 낀 채, 구급차의 뒷문이 열리고 구급대원이 이동식 침대를 내리는 것을 지켜봤다. 환자를 수용하기 위해 응급실 맨 앞 침대는 비워진 상태였고 침대 옆에는 심전도와 산소포화도 모니터, 기관내삽관과 중심정맥 확보를 위한 도구, 인공호흡기, 그리고 심폐소생술에 필요한 약물이 담긴 수레가 늘어섰다. 간호사들 역시 긴장한 표정이었고 행정 직원도 환자의 신원을 파악하고 접수하기 위해 대기하고 있었다.

이동식 침대는 응급실을 향했다. 그러는 동안에도 구급대원은 심장압박(cardiac compression)을 계속했다. 구급대가 도착하기 전, 받은 연락의 내용은 '40대 심정지 환자'였으나 이동식 침대에 누운 환자는 60대나 70대처럼 보였다. 그리고 특이하게도 구급차에 보호자가 동승하지 않았다.

"보호자는 택시를 타고 따라온다고 했습니다."

구급대원의 말에 나는 환자에게 특별한 질환이 있다는 이야기를 들었냐고 물었다. 말기암 환자일 가능성도 배제할 수 없을 만큼 전신 상태가 좋지 않았기 때문이다. 그러나 119구급대원은 '10년 전 당뇨병을 진단받았고 다른 질환은 없다고 했다'는 대답을 했다. 일단 환자는 자발 호흡과 맥박이 없었다. 119구급대가 현장에 도착했을 때도 마찬가지였는데 다만 자동제세동기(automatic external defibrillators)를 부착하자 심실세동이 확인되어 한 차례 전기 충격을 가했다고 말했다. 응급실 침대로 환자를 옮기고 심전도 모니터를 붙이자 역시 심실세동(VF, ventricular fibrillation)이 확인되었다. 심실세동은 급성 심근경색으로 심정지가 발생한 경우에 종종 나타난다. 일단 심폐소생술을 지속하기로 결정했다. 먼저 제세동기를 이용해서 심실세동을 바로 잡았다. 곧이어 간호사가 심장압박(cardiac compression)을 지속하는 동안 나는 신속하게 기관내삽관을 시행했다. 다행히 환자는 3분 만에 심장 박동을 회복했으나 자발 호흡은 돌아오지 않아 인공호흡기를 연결했다. 여전히 혈압은 60/40 정도로 매우 낮아 승압제와 수액을 안정적으로 투여하기 위해 쇄골하정맥을 통해 중심정맥관을 삽입했다.

이제 심정지의 원인을 밝히려는데, 보호자가 도착했다. 이런 상황에서는 대부분 응급실 문턱을 넘어서자마자 '아이고, 우리 OO 좀 살려 주세요!'라고 울부짖으며 갑작스레 닥친 재앙에 호소하기 마련인데 보호자가 건넨 말은 완전히 달랐다.

"우리는 돈이 없어. 그래서 병원에 안 갔다니까. 우리는 장례 치를 돈도 없으니 그냥 죽여 주시오."

'이제 그냥 환자를 보내 주세요'라고 애원하는 사례는 적지 않다. 다만 '오랫동안 고통스럽게 고생했으니 이제 힘들게 하고 싶지 않습니다'가 그렇게 얘기하는 일반적인 이유다. 응급실에 도착하자마자 '장례 치를 돈도 없으니 그냥 죽여 달라'고 부탁하는 경우는 없다.

"안 됩니다. 단순히 돈이 없으니 치료하지 말고 인공호흡기를 떼어 달라는 부탁은 들어줄 수 없습니다. 아주 제한적인 상황에서만 인공호흡기를 제거할 수 있고 현재는 그런 상황이 아닙니다."

그러자 보호자는 '돈이 없다', '장례 치를 돈이 없다'는 말을 연신 중얼거리다가 주머니에서 꼬깃꼬깃 접힌 서류를 꺼냈다.

"그럼 이 돈 안에서 치료하시오. 남은 돈으로 장례도 해야 하오."

시청의 '긴급 의료비 지원'을 받기 위한 서류였다. 나중에 알게 된 사실인데 10년 전에 당뇨병을 진단받은 환자는 제대로 치료하지 않았고 최근 몸 상태가 심하게 악화했으나 돈이 없다는 이유로 병원에 가지 않았다. 보다 못한 이웃사람이 '시청에 얘기하면 병원비를 준다'고 권유하여 그 서류를 준비한 상황이었다.

"이 서류는 행정 직원과 상의하면 됩니다. 저는 의사라 진료에 집중하겠습니다."

그러면서 보호자에게 상황을 설명했다. 호흡과 맥박이 없는 상태로 응급실에 도착했고 다행히 3분 만에 심장을 다시 뛰도록 만들었으나 약물의 힘으로 심장을 되살렸을 뿐, 완전히 소생한 것은 아니라고 확실히 말했다. 이제는 심정지의 원인을 찾아야 하며 뇌출혈과 심근경색부터 확인해야 한다고 덧붙였다. 머리 CT를 시행해서 뇌출혈을 감별하고 뇌출혈이 아니면 심장내과 의사를 불러 심장 문제를 감별해야 한다고 얘기했다. 물론 보호자의 나이와 교육 수준을 감안해서 쉽게 설명했다. 그러나 보호자는 여전히 '돈이 없고 아까 그 서류에 나오는 돈으로 장례도 해야 한다'는 말만 되풀이했다.

일단 CT에는 뇌출혈을 비롯한 이상이 확인되지 않았다. 그때부터 생각이 복잡해졌다. 뇌출혈이 아니니 내과 질환으로 심정지에 빠졌을 가능성이 컸다. 앞서 말했듯 내과 질환 가운데 갑작스레 발생한 심정지의 원인으로 가장 대표적인 것이 심근경색이다. 그러나 다른 질환도 심정지를 초래할 수 있고 특히 환자의 불량한 건강 상태를 보면 어떤 종류든 감염이 서서히 진행하여 패혈증 쇼크(septic shock)로 악화했을 가능성도 배제할 수 없었다. 더구나 환자는 10년 전 당뇨병을 진단받고도 제대로 치료하지 않아 간이 혈당계로 측정한 혈당이 600 이상이었다. 또 동맥혈가스 검사(ABGA, Arterial Blood Gas

Analysis) 결과 심한 대사성산증(metabolic acidosis)도 있었는데 심근경색으로 인한 심정지, 패혈증, 고혈당으로 인한 당뇨병성케톤산증(DKA, Diabetic KetoAcidosis), 급성 신부전 (acute renal failure) 모두 심한 대사성산증이 나타난다. 그 가운데 급성 신부전은 가능성이 가장 낮았다. 혈액 내 칼륨 수치가 지나치게 높아지는 고칼륨혈증이 급성 신부전에서 심정지를 일으키는 주요 원인인데 칼륨 수치는 정상 범위였기 때문이다. 또 당뇨병을 치료하지 않아 발생하는 당뇨병성케톤산증은 심각한 질환이나 종종 급성 심근경색을 동반한다. 따라서 환자는 당뇨병성케톤산증에 동반한 급성 심근경색과 패혈증 쇼크, 이 두 가지 중 하나에 해당할 가능성이 컸다.

나는 '당뇨병성케톤산증에 동반한 급성 심근경색'이 환자의 최종 진단이길 바랐다. 왜냐하면 시청의 '긴급 의료비 지원'에는 한계가 있기 때문이다. 대략 2~3백만 원 정도인데 치료 기간이 길어지면 충분하지 않다. 다만 급성 심근경색으로 확진되어 '중증 질환'으로 분류되면 본인 부담금이 줄어 3백만 원 남짓한 돈으로도 꽤 오랫동안 진료비를 감당할 수 있다. 그래서 환자의 심정지 원인이 당뇨병성케톤산증에 동반한 급성 심근경색이기를 간절히 바라면서 심장내과 당직 의사를 호출했다.

심혈관조영술 결과 환자의 관상동맥은 상당히 좁아져 협심증(angina)에 해당했으나 심정지를 일으킬 병변은 아니었다. 최종적으로 확인한 혈액 검사 결과 800 정도의 심각한 고혈당 외에도 C-반응단백질(CRP, C-Reactive Potein, 감염이 있으면 증가) 수치가 크게 증가했다. 결국 환자의 최종 진단은 '패혈증 쇼크로 인한 심정지'였다.

심혈관조영술을 받고 응급실로 돌아온 순간에도 보호자는 '돈이 없다', '집세를 내고 나면 병원비를 낼 수 없다', '시청에서 나올 돈으로 장례까지 치러야 한다'고 외쳤다. '어차피 살지 못할 거면 아무것도 하지 말고 죽여 달라'는 말까지 했다. 그런 외침은 중환자실에 입원할 때까지 이어졌다.

응급실에 도착했을 때부터 환자의 예후가 매우 좋지 않으리란 것을 어렵지 않게 추측할 수 있었고 실제로도 환자는 집중적인 치료에도 며칠 후 중환자실에서 사망했다. 입원 기간이 길지 않아 시청에서 지급하는 '긴급 의료비 지원'으로 병원비를 충당할 수 있었으나 보호자는 '돈이 없다고 그냥 죽여 달라 했는데 끝까지 이런 저런 검사하고 치료해서 돈을 받아 챙기는 나쁜 병원 놈들'이라며 끝까지 우리를 원망했다.

소설 《1984》와 《동물농장》으로 유명한 조지 오웰에게 '위대한 작가'란 상투적인 표현이 조금도 어색하지 않다. 그런데 조지 오웰은 소설뿐만 아니라 에세이에도 뛰어났다. 작가라는 독특한 존재를 묘사한 《나는 왜 쓰는가?(Why I write?)》 같은 가볍고 개인적인 에세이부터 파시스트의 만행과 더불어 스탈린주의자의 위선을 신랄하게 비판하는 묵직한 논픽션인 《카탈로니아 찬가(Homage to Catalonia)》까지 조지 오웰은 능수능란하게 이야기를 이끈다.

그런 작품 가운데 《파리와 런던의 밑바닥 생활(Down and Out in Paris and London)》은 개인적인 경험을 이야기하며 비교적 가볍게 시작하나 끝으로 갈수록 1920~1930년대 서유럽 빈민의 삶을 냉정하게 묘사한다. 특히 영국의 빈민 구호소를 서술하는 대목은 몸서리칠 정도다. 샤워할 수 있으나 쾌적하지 않고 잠잘 수 있으나 편안하지 않으며 주린 배를 채울 수 있으나 먹는 즐거움을 전혀 느낄 수 없는 곳이라고 담담하게 기록한다. '왜 정부는 빈민 구호소를 개선하지 않을까?'라 묻고는 이내 '빈민 구호소의 생활이 안락하면 많은 사람이 애써 일하는 대신 빈민 구호소에서 사는 것을 선택할 것이며 그런 극단적 상황까지 치닫지 않더라도 지나치게 많은 사람이 몰려들어 빈민 구호소의 수용 인원을 넘어설 것이기 때문'이라고 설명한다.

조지 오웰이 제국주의를 비판하고 영국 상류층과 중산층의 위선을 신랄하게 조롱한 사회주의자라는 점에서 빈민 구호소를 바라보는 그의 시선은 매우 흥미롭다. 조지 오웰이 지적한 문제는 요즘 표현을 빌리면 '복지에 따르는 도덕적 해이'에 해당하는데 앞서 말했듯 사회주의자인 조지 오웰이 그런 문제를 날카롭게 인식한 부분은 예사롭지 않다. 따지고 보면 조지 오웰에게 불후의 명성을 안긴 《1984》와 《동물농장》 역시 당시 사회주의자 대부분이 유토피아라 찬양하던 소비에트 연방에 대한 신랄한 비판이다. 물론 지식인은 개인과 집단 모두에 대해서 그런 자기반성을 갖추어야 하나 조지 오웰처럼 단호하고 세련된 문장에 담아내는 것은 쉬운 일이 아니다.

어쨌거나 1920-1930년대 영국의 복지제도는 오늘날과 비교하면 빈약한 초기 단계를 벗어나지 못했음에도 조지 오웰은 '복지에 따른 도덕적 해이'를 인식했다. 사실 그런 도덕적 해이는 고대 로마제국에서 검투사 경기를 개최하고 빈민에게 빵을 배급한 이래 누구도 뾰족한 해결책을 제시하지 못한 문제다. '선생님, 어서 주사 한 대 주구려!'를 외치는 사례처럼 응급실 진료가 필요하지 않으나 빈번히 응급실을 방문하는 환자들이 적지 않은 것도 그런 '도덕적 해이'와 관련 있다. 응급실 진료가 필요하지 않은 증상, 심지어 병원 진료 자체가 필요하지 않은 증상으로 너무 쉽게 응급실을 찾을 수 있는 이유는 그들이 '의료보호'에 해당하기 때문이다.

물론 의료보호는 오히려 꼭 필요한 제도다. 군대, 경찰, 법원 같은 기관이 제공하는 서비스와 함께 상하수도, 전기, 대중교통, 교육 같은 분야는 무턱대고 시장에만 맡겨둘 수 없는 영역, 이른바 공공재에 해당하고 의료도 마찬가지다. 따라서 통치력이 아주 미약하고 재정이 극도로 곤궁한 상황이 아니면 국가가 적절히 통제하여 가장 가난한 사람에게도 인간답게 살 수 있는 수준의 의료를 제공해야 한다. 그런 측면에서 의료보호를 통해 취약 계층에게 진료받을 권리를 보장하는 것은 아주 중요하다.

그러나 그런 제도에는 도덕적 해이가 쉽게 발생한다. 사실상 자신이 직접 부담하는 비용이 거의 없으니 특별한 증상이 없어도 응급실을 찾는 경우가 빈번하다. 물론 그런 무분별한 병원 이용을 방지하기 위한 장치는 이미 마련되어 있다. 의료보호 환자도 응급에 해당하지 않는 증상으로 응급실을 찾으면 적지 않은 비용을 지불한다. 그러나 환자가 복통이나 두통처럼 응급에 해당하는 증상을 거짓으로 꾸며내기도 하고 응급에 해당하지 않는 증상으로 판정했을 때, 불만을 지닌 환자가 난동부릴 것을 우려한 의사가 굳이 따지지 않고 넘어가기도 한다. 그뿐만 아니라 병원 입장에서는 응급에 해당하지 않는 환자에게 원칙적으로 대응했다가 '저 병원 응급실은 주사도 주지 않는다'고 소문나는 것을 싫어하기에 도덕적 해이에 빠진 의료보호 환자가 과도하게 응급실을 이용해도 제지할 방법이 마땅하지 않다. 반면에 '장례 치를 돈도 없으니 그냥 죽여 주시오'라며 요구하는 보호자의 사례처럼 꼭 필요한 사람이 복지제도의 테두리 밖에 있는 경우도 종종 있다.

물론 도덕적 해이가 발생하는 문제와 정작 꼭 필요한 사람이 제도의 테두리 밖에 존재하는 문제는 복지제도가 지니는 고질적 약점이다. 또 간단하면서도 효율적인 '해결책'이 존재하지 않는다. 하긴 세상의 많은 중요한 문제에는 그런 간단하면서도 효율적인 해결책이 존재하지 않으니 현실에서 가능한 노력을 꾸준히 기울일 수밖에 없다. 또 도덕적 해이를 목격했다고 과도하게 냉소적이고 가혹한 마음을 지니는 것과 복지제도의 테두리 밖에 있는 사람을 보고 지나치게 감상적인 동정을 품는 것 모두 경계할 필요가 있다.

닥터 스모크

환자와 보호자가 우리를 선생님이라 부르는 이유가 무엇일까? 자신보다 나이도 어리고 지식인에 어울리는 교양이 풍부하다고 단정할 수도 없으며 그렇다고 아주 인격이 고매하다고 확신할 수도 없는데 왜 우리에게 선생님이란 칭호를 사용하는지 생각해 본 적이 있나? 그들이 우리에게 꼬박꼬박 선생님이라 부르는 이유는 우리가 의사이기 때문이고 의사라면 최선을 다해 환자를 진료할 것이라고 믿기 때문이지. 다시 말해 의사가 환자를 자신의 가족처럼 진료할 것이라 믿고 바라기 때문이야. 그런데 아무리 생각해도 너는 환자가 네 가족이라면 이렇게 하지 않았을 것이 틀림없어. 너 같은 부류일수록 가족이나 친구가 응급실에 오면 모든 걸 제쳐두고 특별 대우할 가능성이 크지. 결코 지금 환자에게 하는 것처럼 진료하지는 않을 거야. 그러니까 너는 앞으로 환자나 보호자가 선생님이라 부르면 꼭 얘기하렴. 저는 환자분을 가족처럼 진료하는 좋은 의사가 아니니 선생님이라 불릴 자격이 없습니다. 그냥 OO 군이라고 부르세요. 알겠니? 앞으로 응급실에서 환자나 보호자가 너를 선생님이라 부르는 게 내 눈에 띄면 그때는 단단히 각오하는 게 좋을 거야. 그리고 너 같은 인턴부터 레지던트, 심지어 꼰대 같은 교수 몇몇도 나의 인격과 도덕에 대해 이러쿵저러쿵 얘기하는 모양인데 정작 인격에 문제가 있는 비도덕적인 인간은 너 같은 부류야. 환자를 진료할 때 최선을 다하지 않는 인간들이지. 나? 나는 도덕과 인격에 문제가 있는 게 아니라 예의범절이 부족한 무례한 인간이지. 그렇지만 나는 최소한의 도덕은 지켜. 하여튼 앞으로 누가 널 선생님이라 부르면 꼭 그리 부르지 말라고 하면서 이유까지 설명해주렴. 적어도 응급실에서는 그래야 할 거야.

레지던트 시절 위와 같은 말로 아랫 연차 레지던트와 응급실 인턴을 야단칠 때가 종종 있었다. 물론 위와 같은 협박을 실제로 지킨 적은 없다. 말이 그럴 뿐이지 현실적으로 집행하기 어렵고, 환자나 보호자가 해당 레지던트와 인턴을 무슨 호칭으로 부르는지 살피고 다닐 만큼 한가하지도 않았다. 그러나 시쳇말로 '영혼이 탈탈 털린다'라고 표현할 만한 독설이라, 연극 대사 같은 긴 말을 마칠 때면 야단맞은 상대는 울고 있을 때가 많았다. 레지던트 시절의 나는 무시무시한, 적지 않은 증오가 담긴 별명이 따라붙었고 등 뒤에서 늘 수군거리는 소리가 들릴 만큼 악명을 날렸으나 타인을 이유 없이 괴롭히지는 않았다. 아랫 연차 레지던트든, 다른 임상과 레지던트든, 응급실 인턴이든, 응급실 간호사든, 그 사람의 실수와 태만이 나의 일을 방해하거나 환자에게 위험이 있을 때만 반응했다. 다만 실수와 태만의 경중에 따라 적절히 판단하고 행동했는지는 알 수 없다. 그 시절의 나는 여전히 교육이 필요한 미숙한 레지던트였고 애당초 인간의 판단은 완벽하지 않기 때문이다.

그렇지만 지금 돌이켜 생각해도 그런 독설이 조금도 부당하지 않던 응급실 인턴이 한 명 있었다.

응급의학과의 역할이 확립된 지금은 다르겠으나 내가 레지던트로 수련하던 2000년대 후반, 해당 병원의 응급실에는 8~10명의 인턴이 배정되었다. 아침 9시부터 저녁 9시까지 12시간 주간 근무에 4명, 저녁 9시부터 다음 아침 9시까지

12시간 야간 근무에 4명을 투입하고 나머지 1~2명에게는 휴무를 주었다. 따라서 몇 명이 배정되느냐가 응급실 인턴의 삶을 좌우했다. 10명이 배정되면 하루에 2명씩 휴무할 수 있고 9명이라면 그래도 1명씩은 휴무할 수 있으나 8명이 배정되면 하루도 쉬지 못하고 한 달 내내 매일 12시간씩 일했다. 또 배정되는 인원수뿐만 아니라 누구와 함께 근무하는가도 응급실 인턴의 삶에 아주 중요했다. 10명이 배정되어도 함께 근무하는 인턴 가운데 실력이 현격히 부족하고 성격마저 기괴한 사람이 있으면 하루하루 근무가 지옥일 수밖에 없다. 문제의 닥터 스모크가 딱 그런 존재였다.

크지 않은 키, 마르지도 살이 찌지도 않았지만 묘하게 볼품없는 체구, 여드름 자국 가득한 붉은 빛 감도는 얼굴을 지닌 닥터 스모크는 언뜻 보면 의과대학에서 흔히 마주하는 조용하고 평범한 공붓벌레처럼 보였다. 하지만 닥터 스모크는 조용하고 평범한 공붓벌레 의대생 출신 인턴과 비교하면 모든 면에서 부족했다. 특히 소통 능력이 취약하고 환자에 대한 책임감이 약했다. 그럼에도 자존심이 지나치게 강하고 자신을 대단히 유능한 존재라 착각했다. 농담 삼아 과대망상이라 부를 만큼 닥터 스모크는 자신이 유능한 존재라 굳게 믿었다. 그래서 자신의 실수와 태만으로 야단맞는 순간에도 '모두 나를 질투해서 일어나는 일'이라는 태도를 보였다.

어쨌거나 닥터 스모크는 자신 같은 유능한 인재야말로 '생명을 구하는 진짜 의사'가 되어야 한다고 확신했다. 그래서 내과 레지던트에 지원했고 닥터 스모크 자신을 제외한 모두의 예상대로 탈락했다. 그러자 그는 다른 임상과를 추가로 지원하지 않고 인턴 수료 후 군 복무를 결심했다. 3년의 군 복무를 마치고 돌아와 다시 내과에 지원하는 것이 그의 계획이었다. 교수들도 사람인지라 한 번쯤은 자신 같은 인재를 알아보지 못하는 '실수'를 저지를 수 있다고 판단했기 때문이다.

그런 닥터 스모크는 인턴 과정이 끝나갈 때쯤, 다시 응급실에 배정되었다. 닥터 스모크는 이미 몇 달 전에 응급실 인턴으로 근무한 적이 있어 나는 특별히 주의를 기울였다. 다만 지원했던 내과에서 탈락했고 다른 동료 인턴과도 어울리지 못하는 닥터 스모크를 보듬어주겠다는 따뜻한 호의로 주의를 기울인 것은 아니었다. 몇 달 전 응급실 인턴으로 일할 때도 닥터 스모크는 실수가 잦았고 이제 내과 레지던트 지원에도 탈락했으니 한층 태만한 태도로 근무할 가능성이 크다고 생각해서 블랙리스트에 올려 감시했다. 어떻게든 닥터 스모크가 인공호흡기 환자를 담당하는 것을 막으려 노력했다.

그런데 어쩌다 보니 닥터 스모크가 폐렴으로 인공호흡기

치료를 받는 환자의 담당 인턴이 되었다. 대학병원 중환자실은 좀처럼 자리가 생기지 않아 응급실에서 며칠씩 머무르면서 인공호흡기 치료를 받는 사례가 적지 않았는데 항생제 선정, 약물 처방, 수액과 정맥 영양제 투여 계산, 인공호흡기 설정 같은 일은 응급의학과 레지던트인 내가 담당했으나 처방에 따른 혈액 검사 시행과 기관내삽관의 이물질 제거는 응급실 인턴이 담당했다. 특히 인공호흡기 치료를 하는 환자에게 기관내관(endotracheal tube)의 이물질 제거는 아주 중요하다. 객담 같은 분비물을 부지런히 제거하지 않으면 기관내관이 막히고 기관내관이 막히면 환자의 폐로 산소를 공급할 수 없어 자칫 호흡부전으로 인한 심정지가 발생할 수 있기 때문이다. 그래서 인공호흡기가 달린 환자를 담당하는 모든 응급실 인턴은 최소 30~60분마다 기구를 이용하여 기관내관에 있는 객담 같은 이물질을 제거했다. 나는 닥터 스모크가 그런 일을 제대로 해낼 수 있을지 의심스러웠으나 그렇다고 특별한 이유 없이 그가 담당하는 환자를 다른 인턴에게 맡길 수도 없었다. 부디 닥터 스모크가 기관내관의 이물질을 제거하는 단순한 일만큼은 성실히 수행하길 바라며 지켜봐야만 했다.

아니나 다를까 닥터 스모크가 인공호흡기 환자를 담당하고 몇 시간 후, 그가 응급실에 없다는 것을 깨달았다. 처음에는 화장실에 갔거나 응급실에 딸린 인턴 휴게실에 잠깐 갔을 것이라 생각했으나 2시간이 지나도록 닥터 스모크는 나타나지 않았다. 일단 그가 담당한 인공호흡기 환자는 나와 다른 응급실 인턴이 교대로 기관내관의 이물질을 제거했다. 거의 3시간이 지나서야 닥터 스모크가 응급실에 돌아왔다. 머리끝까지 치민 화를 가까스로 억누르고 도대체 어디에 있었냐고 물으니 닥터 스모크는 대수롭지 않다는 표정으로 대답했다.

"마음이 울적해서 생각도 정리할 겸 담배 피우고 왔습니다."

닥터 스모크가 입을 열 때마다 담배 냄새가 코를 찔렀다. 평소 응급실에서는 근무 중 흡연을 금지했다. 응급실에서 의사가 담배 냄새를 풍기며 진료하는 것은 환자와 보호자에게 실례라고 생각하기 때문이다. 근무 시간 중 2시간 가까이 응급실을 이탈했다가 나타난 응급실 인턴이 지독한 담배 냄새를 풍기는 것은 용납하기 어려웠다. 그러나 닥터 스모크는 그럴 수도 있지 않냐는 당당한 태도였다.

"근무 시간에 의사가 자신이 담당하는 인공호흡기 환자를 내팽개치고 3시간이나 사라졌다 나타나는 것에 대한 변명이 될 수 있다고 생각하나?"

당장이라도 잡아먹을 듯, 이글이글 타오르는 눈빛으로 닥터 스모크를 노려보며 말했다. 뻔뻔한 것인지, 눈치가 없어 상대의 분노를 알아차리지 못하는 것인지, 닥터 스모크는 상황을 파악하지 못했다.

"내과에 떨어져서 마음이 울적해서요."

닥터 스모크는 우울한 표정으로 말했다. 자신 같은 인재가 내과에 떨어졌으니 위로해 달라는 분위기였다. 나도 참을 수 없었다. 닥터 스모크를 차갑게 노려보며 정말 화가 났을 때, 독설을 퍼붓기 직전 나오는 표정을 지었다. 여전히 닥터 스모크는 상황을 알아차리지 못했다.

"네가 왜 내과에 떨어졌을 것 같아? 의과대학 성적이 시원치 않아서? 선배를 깍듯이 챙기지 못해서? 동료 인턴들과 대인 관계가 좋지 못해서? 아마 넌 이렇게 생각할 거야. 넌 훌륭한 내과 의사가 될 자질이 충분한데 그걸 질투하는 사람들이 대인 관계니 어쩌니 하면서 방해했다고 생각하겠지. 다른 애들은 모두 교수와 선배 레지던트에게 잘 보이려 노력해서 합격했고 너는 선배들조차 질투할 만큼 똑똑해서 떨어졌다고 생각하겠지. 교수들은 너 같은 인재를 알아볼 안목이 부족하고 말이야."

닥터 스모크는 약간 놀란 표정으로 눈을 껌뻑였다.

"그런데 그거 모두 착각이야. 네가 내과에 떨어진 이유는 무능하기 때문이야. 의과대학 성적만 시원치 않은 것이 아니라 문자 그대로 무능하기 때문이라고. 그리고 무능한 녀석이 의사의 태도도 제대로 지니지 못했기 때문이야. 너는 무능할 뿐만 아니라 의사로서 가져야 할 책임감이 부족한 낙오자에 지나지 않아. 인공호흡기 달린 환자를 내팽개치고 마음이 울적하다고 근무 중에 3시간씩이나 자리를 비우고 담배 냄새 풍기며 나타나는 녀석을 과연 의사라 부를 수나 있겠어?"

닥터 스모크의 얼굴은 원래도 여드름이 많아 붉은 편이나 이제는 아예 용광로의 쇳물처럼 시뻘겋게 달아올랐다. 그러나 천만에, 그 정도에서 멈출 생각이었다면 아예 독설을 시작하지 않았을 것이다.

"넌 군 복무를 마치고 돌아와서 3년 후에 지원하면 내과에서 받아 줄 거라 생각하겠지? 그래, 그때 또 지원하면 합격할 수도 있어. 그런데 네 태도를 생각하면 내과 의사가 되는 것은 범죄를 저지르는 것이나 다름없어. 아니, 범죄가 아니라 죄악이지. 범죄와 죄악의 차이는 알고 있겠지? 범죄는 법을 어긴 것에 불과한데 죄악은 한층 근원적인 잘못이지. 너처럼 무능하고 책임감마저 부족한 녀석이 내과 의사가 되어 치료할 환자에 대해 생각해봤어? 그 사람들은 무슨 잘못을 해서 너 같은 의사에게 치료받아야 하는 걸까? 너는 굳이 의사를 하겠다면 생명과 직결되는 임상과는 하지 않았으면 해. 아예 의사를 하지 않는 것도 하나의 방법이지. 조금이라도 양심이란 게 남아 있다면 그래야 할 거야. 물론 너 같은 부류에 그런 양심이 있다고 기대하지는 않아."

다음 날 닥터 스모크는 응급실에 출근하지 않았다. 대신 교육연구부를 향했다. 그는 자신이 내게 모욕당했으며 지금껏 다른 인턴도 모두 부당하게 모욕당했다고 교육연구부에 정식으로 나를 고발했다. 그러면서 그는 다른 인턴도 모두 불만이 있으나 내가 무섭고 혹시 있을지 모를 불이익이 두려워 말하지 못하는 것이며 자신은 정의로울 뿐만 아니라 용감해서 그 모든 위험을 무릅쓰고 나섰다고 덧붙였다. 닥터 스모크의 예상과 달리 그의 고발은 별다른 호응을 얻지 못했다. 당시 교육연구부장이 나를 매우 싫어했음에도 닥터 스모크의 고발이 지나치게 터무니없었기 때문이다.

의료인은 엘리트 운동선수 혹은 요리사 같은 직업과 묘하게 비슷하다. 그런 직업은 모두 도제 교육의 특징을 지니며 상급자와 하급자가 선배와 후배, 스승과 제자로 복잡하게 얽혀 있기 때문이다. 따라서 직종 내 괴롭힘, 이른바 '태움'이란 문화가 만든 사건이 종종 뉴스에 나온다.

그런 뉴스를 접할 때마다 닥터 스모크를 떠올린다. 물론 '태움'은 잘못된 문화이고 내가 레지던트 시절 아랫 연차 레지던트, 다른 임상과 레지던트, 응급실 인턴에게 했던 말과 행동에 전혀 문제가 없다고 생각하지 않는다. 다만 의사든 간호사든 의료인은 생명을 다루는 직업이며 조그마한 실수, 순간의 태만이 무고한 생명을 앗아가는 재앙으로 이어질 위험이 항상 있다. 따라서 어디까지가 그런 직업에 어울리는 '엄격한 교육'이며 어디서부터가 '용납할 수 없는 태움'일까?

대부분 국가에서 특수부대가 육체뿐만 아니라 정신적으로도 가혹하고 혹독한 훈련을 거치는 이유는 생명을 앗아갈 수 있는 위험한 무기를 다루어 국민을 보호하는 임무를 수행하기 때문이다. 조금의 방심, 약간의 태만, 사소한 부주의도 엄청난 재앙으로 치달을 수 있기 때문이다.

의료인도 마찬가지다. 간호사가 잠깐의 태만으로 다른 약물을 투여하면 손도 쓸 수 없는 사망사고가 발생할 수 있다. 근육 주사를 준비할 때, 조금만 부주의해도 세균 감염이 발생한다. 의사는 말할 것도 없다. 의사의 부주의, 태만, 실수는 간호사가 만들 수 있는 것보다 훨씬 심각한 악몽과 재앙을 부른다. 하지만 이런 논리는 자칫 가혹하고 부당한 괴롭힘을 정당화하는 것에 악용될 위험이 크다.

닥터 스모크는 과연 어떤 의사로 일하고 있을까?

어머니의 어머니

만지면 바스러질 것처럼 탄력 없는 하얀 머리카락, 깊게 파인 주름, 틀니를 착용하지 않아 쑥 들어간 입 주변, 근육뿐만 아니라 피하 지방까지 사라져 말라죽은 나뭇가지를 연상케 하는 팔과 다리, 역시 피하 지방이 사라져 쇄골만 볼썽사납게 튀어나온 몸통, 그 요양병원에서 전원하는 환자는 각기 다른 기저 질환임에도 쌍둥이처럼 닮았다. 물론 대부분의 만성 질환이 심각한 상태에 다다르면 환자에게 '개인의 얼굴'을 강탈한다. 뇌경색 혹은 뇌출혈로 침대에 누워 지내는 환자, 만성 간질환이 심한 간경화로 악화한 환자, 모두 개인을 개인답게 하는 찬란한 개성을 질병에 빼앗기고 '그들 가운데 하나'로 전

락한다. 그러니 요양병원에 오랫동안 입원한 환자가 서로 형제처럼 닮은 것은 흔한 일이다.

그럼에도 불구하고 레지던트 시절 'OX 요양병원'에서 온 환자는 외모뿐만 아니라 증상과 원인 질환까지 소름이 끼치도록 비슷했다. OX 요양병원에서 온 환자 대부분은 의식 저하가 증상이었으며 이학적 검사만으로도 심한 탈수 상태인 것을 확인할 수 있었고 원인 질환은 모두 저나트륨혈증(hyponatremia)이었다.

대부분 비의료인, 또 의료인이라도 응급의학과 혹은 내과 같은 임상과에서 일하지 않으면 의식 저하란 단어에 뇌경색과 뇌출혈 같은 뇌혈관 질환을 떠올린다. 사고의 폭이 조금 넓으면 약물 복용 정도를 추가로 떠올릴 것이다. 그러나 의식 저하를 일으키는 질환은 매우 다양하고 고령 혹은 만성 질환자의 경우 저나트륨혈증도 제법 흔한 원인이다.

소디움(sodium)이라고도 부르는 나트륨은 인체에 중요한 역할을 담당하는 전해질(electrolyte)이다. 다른 동물과 마찬가지로 인간의 몸에서도 수분이 압도적으로 높은 비율을 차지한다. 뇌, 간, 신장, 근육 같은 장기조차 수분을 빼면 이른바 '건조중량'은 얼마 되지 않는다. 어떤 측면에서 인체는 뼈대에 가죽을 씌우고 물을 채운 것과 다름없을 정도다. 전해질은 인체

대부분을 구성하는 수분, 즉 물의 농도와 성질을 좌우한다는 면에서 아주 중요하다. 뇌세포끼리 서로 신호를 전달하여 명령을 만들고, 그 명령을 근육까지 전달하며 명령을 전달받은 근육의 세포가 서로 움직이는 과정에서도 전해질은 아주 중요한 요소다.

따라서 나트륨은 적정 농도를 유지해야 한다. 일반적으로 인체의 정상적인 나트륨 농도는 135mmol/L~150mmol/L 사이다. 130mmol/L 이하로 나트륨 농도가 감소하거나 155mmol/L 이상으로 나트륨 농도가 상승하면 의식 저하가 발생한다. 물론 인체는 항상성, 늘 정상적인 상태를 유지하려는 경향이 있어 웬만해서는 그런 상황이 발생하지 않는다. 다만 뇌하수체와 부신(adrenal gland)처럼 그런 항상성을 유지하는 기관에 문제가 발생하거나 아주 심각한 탈수가 진행되면 저나트륨혈증과 고나트륨혈증 모두 발생할 수 있다(예를 들어 고용량의 스테로이드를 오랫동안 사용하면 부신의 기능이 감소하고, 그 결과 스테로이드 투여를 중단하면 갑작스레 저나트륨혈증으로 인한 의식 저하가 발생함).

그런데 뇌하수체나 부신의 기능 이상이 아닌 단순한 탈수로 저나트륨혈증이 발생하려면 상당 기간 음식물을 제대로 섭취하지 않아야 한다. 그러니까 가족의 정상적인 보살핌을 받거나 병원에 입원한 환자에게는 단순한 탈수를 원인으로 하는 저나트륨혈증이나 고나트륨혈증이 발생하기 어렵다.

이런 이유로 OX 요양병원에서 전원하는 환자 증상의 대부분이 의식 저하이고 그 원인이 탈수로 인한 저나트륨혈증으로 밝혀지는 상황은 일반적이지도 않고 정상적이지도 않았다. 심지어 환자를 치료하여 돌려보내면 1~2개월 후, 다시 의식 저하로 응급실을 찾았으며 그때도 원인은 여전히 탈수로 인한 저나트륨혈증이었다.

절반은 호기심, 절반은 분노에 이끌려 OX 요양병원을 알아봤다. OX 요양병원에서 전원한 환자의 보호자, 다른 응급실에서 OX 요양병원 환자를 본 의료진, 응급실에 온 환자가 가져온 OX 요양병원의 의무 기록을 조사하니 'OX 요양병원은 환자를 방치한다'는 결론을 내릴 수밖에 없었다. 물론 중소 병원을 대학병원의 기준으로 판단할 수는 없고 요양병원은 중소 병원의 기준에도 미치지 못할 때가 많다. 또 그 자체는 문제가 아니다. 대학병원, 중소 병원, 요양병원, 모두 담당한 일이 다르기에 대학병원의 기준을 강요하는 것은 옳지 않다. 자원이 무한정하다면 모를까, 제한된 자원을 효율적으로 사용하기 위해서는 저마다 담당한 일에 따라 기준을 달리해야 한다. 의료뿐만 아니라 다른 서비스업, 아예 인간이 하는 모든 일이 그렇다.

그러나 OX 요양병원은 요양병원의 기준이 아니라 평범한 개인의 '도덕적 기준'조차 충족시키지 못했다. 환자에게 별다른 주의를 기울이지 않았고 '수액을 많이 주면 폐에 물이 찰 수 있다'는 이유만으로 제대로 음식을 먹지 못하는 환자에게 하루에 포도당 수액 500cc 정도만 투여하고 심지어 그마저도 하지 않을 때가 적지 않았다. 그뿐만 아니라 흡인성 폐렴, 요로감염처럼 요양병원에 입원한 환자에게 쉽게 발생하는 질환에 대해서도 거의 관심을 기울이지 않았다. 그렇게 환자를 방치하다가 나빠지면 너무 간략해서 아무런 정보도 얻기 힘든 진료 의뢰서를 작성하여 전원 문의도 하지 않고 대학병원 응급실로 보냈다. 그러면서 홍보와 로비에는 관심을 기울여 대학병원과 중소 병원에서 퇴원하는 환자를 유치했다.

요즘이었다면 보호자에게 'OX 요양병원의 치료에는 문제가 있으니 다른 요양병원을 찾으세요'라고 말하거나 환자에게 '반복되는 저나트륨혈증의 원인은 탈수이며 그런 탈수의 원인은 OX 요양병원의 환자 방치입니다'라고 말할 테지만 레지던트 시절에는 그럴 용기가 없었다.

10년이 넘는 시간이 흐른 지금도 OX 요양병원 같은 곳을 가끔 마주한다. 환자를 열심히 진료해서 가까운 사람에게 추

천할 수 있는 요양병원도 많지만 홍보와 로비에만 대단한 정성을 기울이고 정작 환자는 방치하다시피 하는 요양병원도 여전히 존재한다.

이건 어디까지나 누군가의 문제에 해당할 뿐, 나와 관련 있는 문제는 아니었다. 그런데 어느 날, 한 통의 전화로 갑작스레 나의 문제가 되었다.

"오른쪽 폐에 병변이 있지 않아? 흡인성 폐렴(aspiration pneumonia) 가능성이 클 것 같은데."

그러자 전화기 너머에서 약간 놀란 동생의 목소리가 들렸다. 동생은 해당 대학병원에서 교수로 근무하고 있었다.

"혹시 X-ray 봤어? 어떻게 알았어?"

우리 병원에 입원한 환자가 아닐 뿐만 아니라 설령 우리 병원 환자라도 내가 담당하지 않는 환자의 X-ray를 함부로 볼 수는 없다. 다만 고령의 치매 환자이며 최근 몇 개월간 침대에 누워 지냈고 발열과 기침, 호흡 곤란이 발생했다면 음식물이나 분비물이 식도로 넘어가지 않고 기도(air way)로 넘어가서 발생하는 흡인성 폐렴일 가능성이 크다. 그런 흡인성 폐렴은 대부분 오른쪽 폐, 정확히 말하면 오른쪽 폐의 중엽(RML, Right Middle Lobe)에 주로 생기므로 어렵지 않게 예측할 수 있다.

"지금은 응급 격리실에 계시겠네?"

이번 물음에도 동생은 그렇다고 대답했다. COVID-19 검사 결과를 확인할 때까지는 응급실에 딸린 격리 구역에 있어야 하며 당연히 격리 구역에는 보호자가 들어갈 수 없어 어머니는 귀가하셨고 동생이 교수 연구실에서 밤을 보내면서 위급한 상황이 발생하면 보호자 노릇을 할 계획이라고 했다.

흡인성 폐렴으로 응급실에 머무르면서 COVID-19 검사 결과를 기다리는 환자는 아흔을 훌쩍 넘긴 외할머니, 즉 어머니의 어머니였다. 아흔 살 무렵까지 아주 정정하시던 외할머니는 2년 전 알츠하이머 치매를 진단받았고 여느 노인성 질환이 그렇듯, 점진적으로 악화하여 마지막 몇 개월은 침대에만 머물렀다. 어머니를 비롯한 가족들이 요양병원보다는 가족과 함께 집에 있기를 원했다. 그러나 며칠 사이 갑작스레 상황이 악화했고 어머니의 말씀을 들어보니 아무래도 흡인성 폐렴인 듯했다. 그래서 동생이 교수로 근무하는 대학병원 응급실을 찾을 수밖에 없었다.

동생과 통화를 마친 후, 앞으로 남은 과정을 떠올렸다. 외할머니는 다시 집으로 돌아가지 못할 것이다. 폐렴에서 회복하여 대학병원에서 퇴원해도 요양병원에 입원해야 했다. OX

요양병원을 마주할지도 모른다는 생각이 갑자기 현실로 성큼 다가왔다.

인간은 미래를 완벽하게 예상하지 못한다. 응급실에서 많은 노인 환자를 담당했던 나도 마찬가지였다.

몇 달 후면 만 98세에 이르는 나이, 96세까지는 비교적 정정했으나 최근 2년간 치매가 급격히 진행되어 가족도 알아보지 못하고 대화도 불가능한 상태. 당연히 다른 전반적인 건강 상태도 좋지 않은 환자가 호흡 곤란과 발열로 응급실을 찾았다. 다행히 COVID-19는 음성이었으나 폐렴과 흉수, 심비대(cardiomegaly)가 있었다. 심장은 기능이 저하하면 커지기에 심비대와 흉수는 환자의 심장이 펌프질을 제대로 하지 못해 폐에 물이 찬 상황을 의미한다. 호흡기내과로 입원을 결정했으나 심장내과에서도 환자를 진료했고 심장초음파 결과 심장 기능 저하의 원인은 대동맥협착(aortic stenosis)이었다.

2개의 심방과 2개의 심실로 이루어진 인간의 심장은 살아 있는 동안 멈추지 않고 끝없이 작동하는 펌프다. 몸에 산소를 공급하고 이산화탄소를 회수한 혈액이 대정맥을 거쳐 우심방으로 돌아오면 우심실에서 폐동맥을 통해 폐로 보낸다. 그러면 폐에서 산소를 다시 충전하고 몸에서 가져온 이산화탄소를 배출한 후, 폐정맥을 거쳐 좌심방으로 돌아온다. 이후 좌심실에서 대동맥을 통해 산소가 풍부한 혈액을 다시 몸의 구석구석까지 보낸다.

이런 과정에서 혈액의 역류를 막기 위해 판막이 존재한다. 대동맥판막은 좌심실에서 대동맥으로 내뿜은 혈액이 역류하는 것을 막는다. 쉽게 말하면 좌심실이 펌프처럼 움직여 혈액을 대동맥으로 보낼 때만 열리고 나머지 시간에는 닫혀 있어 혈액이 대동맥에서 좌심실로 역류하는 것을 막는다. 그런데 나이가 들면 대동맥판막의 유연성이 감소하여 제대로 열리지 않는 증상이 나타난다. 그러면 심장이 펌프질해도 충분한 혈액을 몸에 공급하지 못하는 심각한 문제가 발생한다. 이런 질환을 대동맥협착이라 부르며 치료하지 않고 방치하면 사망 위험이 있다.

치료의 원리는 비교적 간단하다. 유연성이 사라져 제대로 열리지 않는 대동맥판막을 교체하는 것이다. 그러나 심장의 판막은 전구처럼 간단히 갈아 끼울 수 없다. 과거에는 판막을 교체하려면 가슴을 여는 개흉술이 필요했다. 대동맥협착은 70대 이상 고령에서 흔히 발생하기 때문에 수술을 견디지 못하는 환자도 적지 않았다.

하지만 개흉술이 아니라 사타구니의 대퇴동맥(femoral artery)

를 통해 기구를 삽입하여 치료하는 시술이 보급되면서 개흉술을 받기 힘든 환자에게도 희망이 생겼다. TAVI(Trans-catheter Aortic Heart Valve Implantation)라 불리는 이 시술은 이제 널리 사용되는 대동맥협착의 치료법이다.

다만 TAVI 역시 다른 모든 시술과 수술처럼 시행하기 전에 다양한 사항을 고려해야 한다. 그런 고려 사항 가운데서 환자의 상태, 그러니까 TAVI를 사용하여 대동맥협착을 교정하면 얼마나 더 생존할 수 있고 그렇게 연장한 기간의 '삶의 질'이 어떤가는 아주 중요한 부분이다.

따라서 앞서 언급한 환자에게 TAVI는 적절하지 않다. 100세에 가까운 고령, 심한 치매, 아주 쇠약한 전신 상태, 폐렴까지 있기에 기대 여명이 길어도 몇 주, 짧으면 며칠에 불과하기 때문이다. 또 대퇴동맥에 석회화가 심해서 TAVI 시술에 필요한 도구를 삽입할 수 없을 가능성도 컸다. 그러니 정상적인 심장내과 의사라면 무리하게 TAVI 시술을 권유하지 않는다. 환자에게 별다른 유익은 없으면서 고통만 가중할 가능성이 크기 때문이다.

그런데도 환자에게 TAVI 시술을 시행하려고 보호자를 압박하는 심장내과 의사가 있다면 분명 의도가 있을 것이 뻔했다. 이 업계를 잘 아는 입장에서 추측하면 의도는 대략 네 가지 가운데 하나일 것이다.

첫 번째는 기계적으로 판단해서 '대동맥협착이 있으니 무조건 고친다'라고 생각하는 경우다. 환자의 삶을 진지하게 고려하지 않는 태도지만 그래도 나머지보다는 낫다. 두 번째는 어차피 고위험군에 있는 환자이니 아직 TAVI가 익숙하지 않다면 경험을 쌓는 기회로 사용하려는 의도다. 의사가 환자를 실험용 쥐처럼 인식하는 심각한 문제이나 그나마도 나머지 둘보다는 선량하다. 세 번째는 TAVI에 필요한 기구를 납품하는 회사에서 부정한 이익을 취하는 사례다. 심장이든, 뇌든 혈관조영술에 사용하는 기구는 상당히 고가다. 그래서 이제는 많이 사라졌으나 아직도 산발적으로 리베이트(rebate)라는 독버섯이 남아있다. 네 번째는 병원 경영진으로부터 매출 상승의 압박을 느낀 심장내과 의사가 TAVI 같은 비교적 비싼 시술을 무리하게 강행하는 사례다.

물론 이런 이유로 시술을 강요하는 심장내과 의사는 일부에 불과할 것이다. 몇몇은 과도한 억측이 아니냐며 반문할지도 모른다. 그러나 일부일지 몰라도 분명히 존재하는 문제다. 심장내과에서 나의 외할머니에게 TAVI를 집요하게 권유했던 것도 그런 이유일 가능성이 컸다.

COVID-19 검사 결과 음성으로 판명되어 내과 병동에 입원한 외할머니는 폐렴 외에도 심비대와 흉수가 있었으며 심장초음파에서 대동맥협착을 발견했다. 그러니 환자를 기계적으로 판단하면 대동맥협착에 대한 치료인 TAVI 시술이 필요했다.

그러나 몇 주, 길어야 몇 달의 여명을 기대할 수 있고 이미 대부분의 인지능력을 상실한 90대 후반의 치매 환자에게 TAVI 시술을 권유하는 사례는 거의 없다. 의사인 우리가 환자의 치료 계획을 세울 때는 전반적인 상황을 고려하기 때문이다. 그런 과정에서 시술 혹은 수술이 성공했을 때, 환자가 누릴 이익과 행복이 환자가 감수할 위험과 고통보다 크냐, 작냐는 매우 중요한 문제다. 따라서 90세 후반의 심한 치매 환자에게 TAVI 시술을 권유하는 것은 합리적이지 않은 판단이다.

그런데도 심장내과 교수는 끊임없이 어머니에게 외할머니의 TAVI 시술을 권유했다. 같은 대학병원에서 교수로 일하는 동생과 응급의학과 의사인 내가 없는 틈을 이용하여 집요하게 설득하고 심지어 협박에 가깝게 압박했다. 심지어 외할머니의 폐렴이 악화하는 상황에서도 포기하지 않고 TAVI 시술을 권유했다. 외할머니가 임종을 맞이하기 하루 전까지도 심장내과는 설득을 멈추지 않았다.

모든 인간은 죽는다. 영원히 살 수 있는 인간은 없다. 심지어 성경에 등장하는 예수조차 일단 죽은 후에 부활했다. 그러나 죽음을 준비하는 사람은 극히 드물다. 너무 두려운 대상이며 준비하는 것만으로도 불길하다고 생각하기 때문이다.

한국의 의료도 마찬가지다. 지금껏 의료는 사람을 살리는 것, 어떻게든 수명을 연장하는 것에 주력했다. 죽음의 문턱까지 도달한 환자를 살려내는 것이야말로 현대 의학의 기적이며 임상 의사가 얻을 수 있는 가장 큰 영광으로 간주했다.

생명을 구하는 것, '예방 가능한 죽음'을 줄이는 것은 현대 의학의 가장 궁극적이며 본질적인 목적이 틀림없다. 다만 이제는 인간다운 죽음을 맞이하는 것에도 관심을 기울일 때다. 호스피스란 단어에 우리는 대부분 말기 암 같은 극적인 시한부 환자를 떠올리지만 치매 같은 노인성 질환으로 삶의 마지막에 도달한 고령 환자에게도 관심이 필요하다. 죽음은 탄생만큼이나 인간의 삶에서 중요한 과정이며 모든 인간은 삶의 끝을 존엄하게 맞이할 자격이 있기 때문이다.

가해자와 피해자

2차대전 당시 일본군 병사를 연상하게 하는 짧은 머리카락, 말랐으나 단단한 체격, 민소매 셔츠와 운동복 바지를 입은 젊은 사내가 응급실에 불쑥 나타났다. 사내는 잠시 응급실을 두리번거리더니 중환자 구역에 있는 환자를 응시했다. 그리고는 약간 충혈된 눈으로 나를 바라봤다. 평범하지 않은 인상이며 눈빛도 날카로워 긴장할 수밖에 없었다.

"혹시 담당 의사입니까?"

사내의 태도는 정중했다. 정확히 말하면 공무원의 냄새가 진하게 풍겼다. 물론 시청과 동사무소에서 일하는 사무직 공무원은 아닌 듯했고 소방관, 구급대원, 경찰관의 분위기였다.

"네, 제가 응급의학과 의사입니다."

그러자 사내는 운동복 주머니를 더듬더니 신분증을 꺼내 앞에 들이밀었다.

"XX 경찰서 강력계 형사 OOO입니다."

사내는 형사였다.

"죄송합니다만 XXX의 상태가 현재 어떻습니까? 생명이 위험한 상태입니까?"

형사가 말하는 이는 중환자 구역에 있는 환자였다. 대퇴부에 심한 열상을 입어 근육까지 손상됐으나 다행히 생명이 위험한 상황은 아니었다. 다만 만성 간경화가 있고 현재는 중환자실에 자리가 없어 응급실에서 지켜본 후, 다음 오전에 수술을 시행하고 일반 병실로 입원할 계획이었다. 환자의 상처는 칼에 찔린 것이라 경찰의 조사가 필요했지만, 119구급대가 환자를 이송할 때 경찰관이 동행했기에 갑작스레 강력계 형사가 등장할 이유는 없었다. 이른 새벽에, 누가 봐도 자다가 일어나 급히 뛰쳐온 모습의 형사가 응급실을 방문하는 일은 흔하지 않다.

"간략하게 말씀드리면 생명에는 지장이 없습니다. 그런데 무슨 일인가요? 저희도 무작정 환자의 정보를 알려드리기는 어렵습니다."

그러자 사내는 안도의 숨을 내쉬면서 말을 이었다.

"그게 말입니다. 사실 XXX는 현재 수배 중입니다. 2년 전에 여자친구를 폭행하고 죽이겠다고 위협해서 현행범으로 체포했습니다. 그런데 글쎄 녀석이 유치장에서 피를 토하지 뭡니까. 그래서 병원으로 이송하니 응급으로 내시경을 하고 중환자실에 입원해야 한다더군요. 녀석이 간경화가 심해서 뭐라더라, 지금은 기억이 나지 않는데 아무튼 심한 출혈로 죽을 수도 있는 상황이라고 했습니다."

심한 간경화가 만드는 대표적인 상부 위장관 출혈은 위식도정맥류 출혈(gastroesophageal varix bleeding)이다. 간경화가 진행되면 간으로 갈 혈액이 역류하여 위와 식도의 정맥이 부풀어 오르다가 파열해서 출혈이 발생한다. 그런 경우, 응급 위내시경으로 지혈하지 않으면 사망할 가능성이 있다.

"그런데 내시경을 할 때, 수갑을 풀어 줘야 한다지 뭡니까. 죽을 위험이 크다고 하니 어쩔 수 없이 풀어 주었는데 찜찜했어요. 하여튼 녀석이 내시경을 받고 회복실에서 탈주했습니다. 의사는 몸도 제대로 가누지 못하고 중환자실에 입원해서 치료해야 살 수 있다고 했는데 그런 녀석이 도망쳤어요!"

형사의 이야기는 흥미로워서 나도 모르게 빨려들었다.

"당장 수배했는데 지난 2년 동안은 자취도 없었어요. 그래서 혹시 피를 토하고 죽었나 생각했는데 오늘 다시 나타났습니다. 똑같이 예전 여자친구의 집 근처를 찾아가 칼을 들고 소리치며 난동부려서 경찰이 출동했고요. 그런데 경찰이 출동했더니 녀석이 다리에서 피를 펑펑 흘리며 쓰러져 있었죠. 멍청한 녀석이 칼집도 없는 칼을 허리춤에 차고 있다가 자기 칼에 허벅지를 찔렸지 뭡니까!"

그제야 상황을 이해할 수 있었다. 아무래도 처음 신고를 받고 출동한 경찰관은 환자의 신원을 제대로 파악하지 못해서 수배자란 사실을 몰랐던 것 같다. 병원의 행정 직원이 환자의 신원을 파악하면서 119구급대에 연락했고 그 연락이 경찰서에도 전해지면서 뒤늦게 사건의 담당 형사가 출동한 듯했다.

"이번에는 어떻습니까?"

형사는 애타게 물었고 나는 천천히 설명을 시작했다. 환자는 다음 날, 응급 수술을 받고 회복하여 구치소로 향했다. 다행히 환자는 여자친구를 공격하지 못하고 체포되었다. 그러나 모든 사건이 그렇게 순조롭게 진행되는 것은 아니다.

레지던트 시절에는 119구급대가 '중환자를 이송한다'고 미리 연락하는 일이 드물었다. 지역적 특징인지, 아직 제도가 갖추어지지 않았기 때문인지 애매하나 덕분에 119구급대의 도착과 함께 응급실이 아수라장으로 변할 때가 종종 있었다.

그날도 그랬다. 119구급대의 이동식 침대에 누운 환자는 창백했다. 지나치게 창백해서 얼굴이 인간의 피부가 아니라 하얀 종이처럼 느껴질 정도였다. 그러나 창백한 얼굴과 달리 복부는 피투성이였다. 옷도 모두 피에 흠뻑 젖었고 구급대원이 힘껏 심장 압박을 시행할 때마다 환자의 팔과 다리가 힘없이 부들거렸다.

"기관내삽관을 시행하겠습니다. 그런 다음 중심정맥관을 확보할 테니 신속 주입기를 준비하세요. 인턴 선생님, 심폐소생술을 지속하세요! 일반외과 당직 레지던트 불러!"

환자의 복부에는 예리한 물체가 만들었을 것이 틀림없는 깊숙한 상처가 있었다. 길고 날카로운 물체로 최소한 서너 번은 찔렸을 것이 틀림없는 상처였고 환자는 이미 호흡과 맥박이 없었다. 일반적으로는 환자의 진단을 완료하고 해당 임상과 레지던트를 호출하지만 그때는 당장 일반외과 레지던트를 부를 수밖에 없었다. 그러면서 구급대원에 이어 응급실 인턴이 심장 압박을 지속하는 동안, 기관내삽관을 시행했다. 그런 다음 말초정맥관으로 수액과 약물을 투여하기 시작했으나 대량의 수액을 투여해야 조금이라도 소생 가능성이 높일 수 있어 중심정맥관을 삽입하려는 순간, 갑자기 응급실 입구가 소란스러워졌다.

손에서 피를 흘리고 옷에도 피가 잔뜩 묻은 남자가 소리 지르며 나타났다. '지옥에서 온 야차'란 말이 딱 어울리는 남자는 환자의 위치를 확인하자 괴성을 지르며 달리기 시작했다. 응급실 입구에 있는 보안 요원이 미처 제지할 틈도 없었다. 갑작스러운 상황에 구급대원들도 어안이 벙벙한 표정으로 우두커니 있을 뿐이었다. 남자가 다가올수록 환자가 아니라 내가 그의 목표인 것이 드러났다. 옷에는 피가 잔뜩 묻고 손의 상처에서 피를 흘리는 남자가 괴성을 지르며 나에게 덤비는 상황이었다. 그래서 짧은 시간이나마 고민에 빠졌다. 자리를 피하려면 중심정맥관 삽입을 중단해야 했다. 환자는 이미 도착할 당시부터 심정지에 해당해서 소생할 가능성이 크지 않았으나 중심정맥관 삽입이 지연되고 심장 압박을 멈추면 아예 모든 가능성이 사라졌다. 응급실 인턴은 심장 압박을 멈추지 말아야 했고 나는 중심정맥관 삽입을 계속해야 했다. 다행히 남자에게 흉기는 없었다. 그래서 남자가 가까이 다가왔을 때, 주먹을 휘두르며 나를 덮치기 직전에, 내가 먼저 어깨로 돌진하는 그를 제지했다. 중심정맥관 삽입을 중지하지 않고 또 수술 장갑을 착용한 손을 오염시키지 않고 남자를 제압할 수 있는 유일한 방법이었다. 다행히 남자는 중간 체격의 중년에 불과했고 어깨로 남자를 후려치는 타이밍도 정확했다. 또 응급실 바닥은 흘러내린 피로 미끄러워 남자는 균형을 잃고 넘어졌다. 그제야 정신을 차린 구급대원과 보안 직원이 남자를 제압했다.

그러나 환자는 소생하지 못했다. 심장 박동을 회복하면 바로 응급 수술을 진행하고자 일반외과 레지던트가 응급실에 대기했으나 30분 후에도 심정지가 지속되어 사망 선언을 내릴 수밖에 없었다.

놀랍게도 나에게 돌진한 남자는 환자의 배우자였다. 환자를 칼로 찌른 범인도 그 남자였다. 남자는 혹시나 환자가 회복할까 두려워 응급 처치를 시행하는 의료진에게 달려들었던 셈이다.

하지만 이 기억이 전부가 아니다.

엄밀히 따지면 목을 졸려 의식을 잃는 것은 호흡과 관련이 크지 않다. 종합격투기, 유도, 주짓수 등의 운동을 즐긴다면 무슨 뜻인지 알아차릴 것이다. '목을 조르는 행위'로 의식을 잃는 이유는 호흡 곤란이 아니라 경동맥이 눌려 뇌의 혈액 공급이 줄어들기 때문이다. 따라서 상대가 의식을 잃을 때, 목을 조르는 행위를 멈추면 곧 깨어나며 심각한 문제는 발생하지 않는다(그렇지 않다면 종합격투기 시합마다 사망자가 발생할 것이다).

이런 이유로 목매는 것을 죽음에 이르는 방법으로 선택하는 경우, 꼭 아주 높은 곳에 올가미를 걸 필요가 없다. 화장실 손잡이처럼 환자가 눕거나 앉은 자세에서 경동맥을 누를 만큼의 체중을 실을 수 있는 높이면 충분하다. 법의학 교과서에서 특히 강조하는 부분이기도 하다. 다시 말해 높은 곳에 올가미를 걸지 않았다는 이유로 사망 원인에서 목졸림을 배제할 수 없다는 뜻이다.

그 환자도 비슷한 사례였다. 구급대원에 따르면 신발장 손잡이에 올가미가 묶여 있었다고 했다. 현장에 도착했을 당시 이미 호흡과 맥박이 없었으며 응급실에 도착했을 무렵에는 사후강직(rigor mortis)이 나타났다. 사후강직은 사망 후 2~4시간이 경과하여 사지가 뻣뻣하게 굳는 증상이라 소생 가능성이 없어 '도착 당시 사망(dead on arrival)'으로 판정했다.

그런데 자살로 판단한 시체 검안서를 작성하기에는 꺼림칙한 부분이 있었다. 환자의 목에 끈으로 누른 자국이 있는 것은 사망 원인을 생각하면 특별하지 않았으나 손목에도 묶은 흔적이 있었다. 또 손톱이 부러졌고 얼굴과 상반신에도 다툼으로 인해 발생했을 가능성이 큰 멍 자국이 있었다. 무엇보다 그런 상황에서 환자의 배우자로 추정되는 남자가 어서 빨리 시체 검안서를 작성하라며, 그 작성이 끝나면 자신이 예약한 장례식장으로 옮기겠다며 재촉했다.

"일단 환자의 사망 원인은 목졸림일 가능성이 큽니다만 단순한 자살인지 혹은 다른 범죄의 가능성이 있는지 저희가 판단하기 어렵습니다. 경찰에 신고하여 법의학자의 도움을 받아야 합니다."

무덤덤한 표정으로 말했으나 남자의 얼굴은 붉어졌다.

"누가 봐도 목맨 것이 아닙니까? 그럼 자살이지요, 자살. 보아하니 레지던트 같은데 참 답답하네요!"

남자의 말대로 당시 나는 레지던트였으나 전문의 면허를 받은 후라도 그런 상황에서는 같은 판단을 내릴 것이었다.

"어쩔 수 없습니다. 사망 진단서와 시체 검안서에는 확실한 내용만 적을 수 있습니다. 제가 그 내용을 확신하지 못하면 적을 수 없습니다."

남자는 서너 차례 같은 주장을 반복하다가 포기했다는 듯, 손을 휘휘 저으며 말했다.

"빡빡하게 구시네. 그렇다면 내가 아는 형사를 부르겠소."

그가 형사라고 주장하는 사람을 부르든, 검사라고 주장하는 사람을 부르든, 달라질 것은 없었다.

"보호자분의 뜻대로 누구를 불러도 좋습니다만 저희는 저희대로 경찰서에 신고할 수밖에 없습니다."

그러면서 보안 직원과 응급실 인턴에게 남자가 슬그머니 사라지는 일이 없도록 감시하라고 지시했다. 다행히 경찰관이 응급실에 도착할 때까지 남자는 사라지지 않았다.

아주 다양한 환자가 응급실을 방문한다. 가해자든 피해자든, 범죄와 관련된 사람도 많다. 당연히 데이트폭력과 가정폭력처럼 여성을 대상으로 한 범죄도 드물지 않다. 앞의 세 사례가 기억에 남는 이유는 모두 여성이 대상인 범죄 사례이기 때문이다.

그런데 데이트폭력 가정폭력 사건에서 여성 가해자와 남성 피해자를 마주하는 경우는 드물다. 남성에게 만성 질환이 있거나 고령층이라면 여성이 가해자인 경우도 있으나 비교적 건강한 성인이라면 데이트폭력과 가정폭력의 가해자는 대다수가 남성이다. 또 그런 사건뿐만 아니라 이른바 '묻지 마 폭행'의 경우에도 응급실에서 마주하는 피해자가 여성일 때가 많다. 응급실에서 직접 마주한 사건뿐만 아니라 언론을 통해 알려진 사건을 돌아봐도 제압하기 쉽지 않은 남성은 그냥 보내고 상대적으로 완력이 약한 여성만 공격하는 범죄 사건이 빈번하다. 그러니 한국의 우수한 치안에도 여성에게 폭력은 현실 가까이에 존재하는 위협이 틀림없다.

그렇다면 여성이 겪는 어려움은 단순히 폭력 같은 범죄에만 국한할까? 남성과 비교하여 육체적으로 행사할 수 있는 물리력이 약하니 그저 범죄에만 취약할까? 그렇지 않다. 육체적으로 행사할 수 있는 물리력과 관련이 크지 않은 영역에서도 여성은 여전히 불리하다.

병원도 좋은 사례다. 이율배반적이지만 병원은 여성이 압도적으로 많은 직장이다. 그러나 의료인이 아닌 행정직만 살펴봐도 여성이 일정 이상의 지위까지 승진하는 사례는 극히 드물다. 그나마 간호사는 여성이 고위직까지 오르는 사례가 많으나 1990년대만 해도 남성이 간호학과에 입학하는 사례가 극히 드물었기에 나타나는 현상일 뿐이다. 임상병리사와 물리치료사, 작업치료사의 경우 하위직에서는 여성이 적지 않으나 역시 위로 갈수록 남성이 많아진다. 병원뿐만 아니라 대학교수, 초등학교, 고등학교의 교사, 대기업, 공무원, 모두 비슷한 상황이다. 고위직으로 갈수록 여성이 차지하는 비중은 급격히 줄어든다.

'출산과 육아가 여성의 몫이라 어쩔 수 없다', '여성 대부분이 출세 지향적이 아니라 가족을 중심으로 판단하기 때문이다' 같은 이유로 현상을 설명하려는 시도도 적지 않다. 그러나 생물학적으로 남성이 가능하지 않은 출산은 어쩔 수 없더라도 여성이 육아에 전념하고 자아실현보다 가족을 우선하여 생각할 수밖에 없는 것에는 우리 사회의 제도적, 관습적 요소가 크게 작용하는 것이다.

아울러 사회가 양극화하며 계층 간, 세대 간의 격차가 커지면서 소외된 남성이 '여성과 비교하여 역차별이 존재한다'라며 노골적인 반페미니즘을 부르짖는 사례가 종종 있다. 재미있게도 그런 남성이 사용하는 논리는 미국 남부의 가난한 백인이 흑인을 핍박할 때, 대공황 시기 독일의 가난한 노동자가 유대인을 차별할 때, 사용한 논리와 소름 끼치도록 비슷하다. 정작 따지고 보면 미국 남부의 가난한 백인을 착취하는 악당은 흑인이 아니라 탐욕스러운 금융 자본일 가능성이 크고 대공황 시기 독일의 가난한 노동자를 착취한 집단은 유대인이 아니라 1차대전 이후에도 힘을 잃지 않은 19세기의 기득권층이었다. 그러나 그 두 집단은 상대적으로 너무 강력해서 남부의 가난한 백인, 대공황 시절의 가난한 독일 노동자가 공격하기 어려워 상대적으로 손쉬운 흑인과 유대인에게 온갖 불만과 증오를 투영했을 가능성이 크다. 오늘날 한국의 반페미니즘 추종자도 그런 사회적 현상이라고 볼 수 있지 않을까 생각한다.

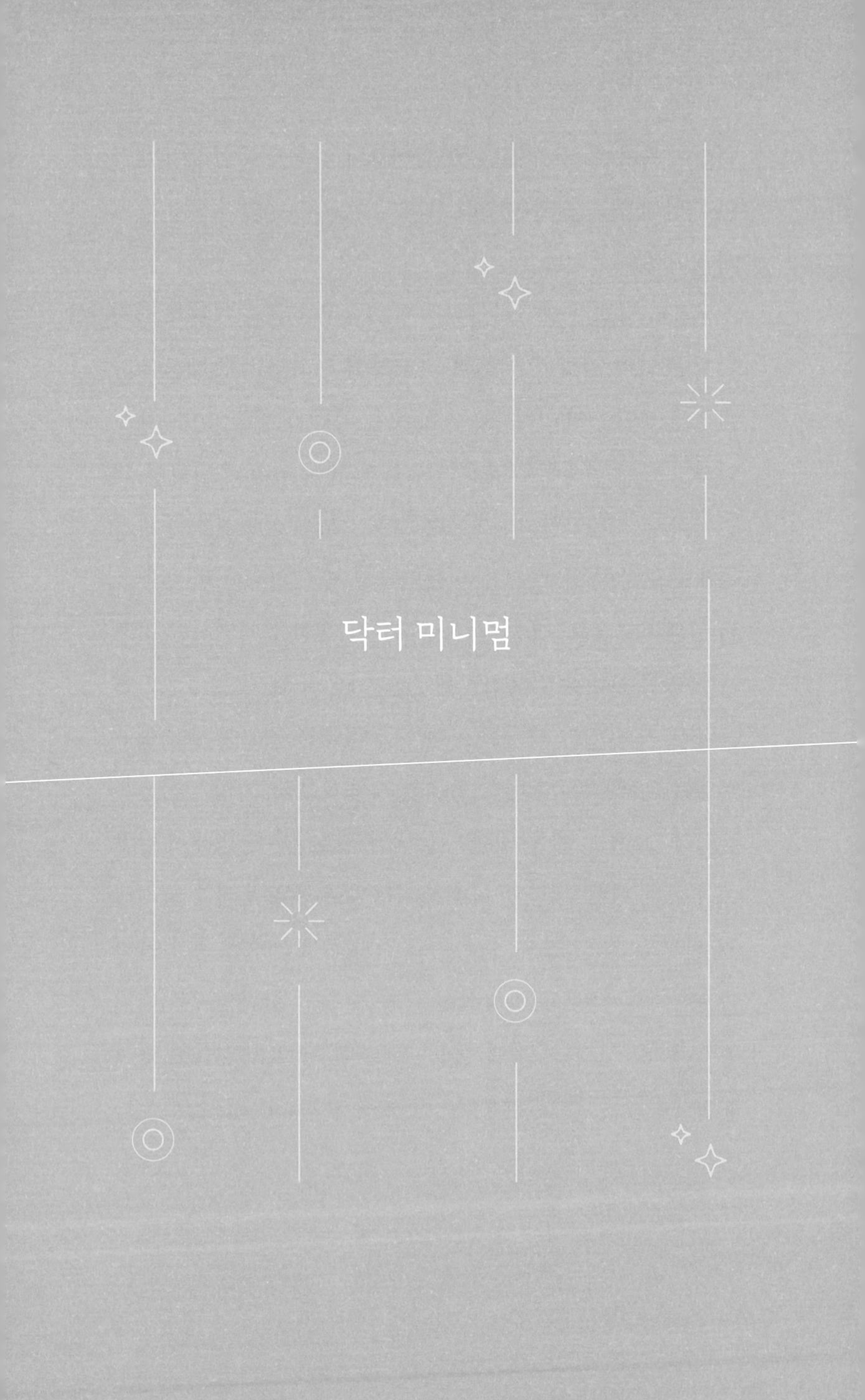
닥터 미니멈

피부에 문양이나 동물의 형상을 그리는 목적은 여러 가지다. 얼굴을 푸르게 칠한 켈트족 전사와 기하학적 문양을 얼굴에 새긴 마오리족 전사처럼 전투에서 적을 위협하는 과시적 목적, 특정 동물의 형상을 그려 힘과 용기 같은 특징을 기원하는 주술적 목적, 신분이나 지위 혹은 소속을 나타내는 사회적 목적을 어렵지 않게 떠올릴 수 있다. 현대인 역시 조상과 크게 다르지 않은 목적으로 피부에 문신을 새긴다. 종합격투기 선수는 상대를 위협하여 기선을 제압하기 위해, 조직폭력배와 해병대원은 소속을 나타내기 위해, 건달과 양아치는 실제보다 주먹 실력이 좋은 것처럼 보이기 위해 다양한 문신을 새긴다. 그러나 그런 시도가 항상 성공하는 것은 아니다.

사내도 성공하지 못한 문신에 해당했다. 왼쪽 손등에 새긴 문양 자체는 나쁘지 않았다. 검은색의 기하학적 문양은 유행에 뒤처지지 않고 깔끔했다. 그런데 목적이 불분명했다. 소속을 나타내는 것은 당연히 아니었다. 위협 혹은 과시가 목적인 듯했으나 둘 중 어느 것도 충족하기 어려웠다. 문신은 마력을 봉인한 부적이 아니어서 신체의 다른 부분이 따라주지 않으면 목적을 이룰 수 없다. 사내의 키는 평균에 수렴하나 나이에 비해 근육이 부족한 팔과 다리, 탄력 없는 피부 때문에 문신은 위협적이지도 않았고 과시적일 수도 없었다.

"그래서 정말 인슐린을 정기적으로 잘 투여하고 있습니까?"

환자는 고개를 끄덕이며 '오늘도 투여했다'고 대답했다. 그러나 말을 마치기 무섭게 헛구역질을 하며 고개를 앞으로 숙였다.

"혈당 확인하세요."

건조한 말투로 간호사에게 말했다. 간호사는 환자의 손가락 끝을 찔러 얻은 말초혈액을 간이혈당계에 떨어뜨렸다. 간이혈당계의 작은 화면에는 'HIGH'란 글자가 나타났다. 간이혈당계는 600까지 혈당을 측정할 수 있어 그 이상이면 'HIGH'라고 표시한다.

"위경련이나 장염으로 인한 증상은 아니고 지나치게 혈당이 높아 발생하는 증상입니다. 이 간이혈당계로는 600까지 측정할 수 있는데 혈당이 너무 높아 측정 범위를 넘었다고 표시됩니다. 아무래도 당뇨병의 급성 합병증 가운데 가장 심각한 당뇨병성케톤산증 같습니다. 상당 기간 지나치게 높은 혈당이 지속되어 몸이 산성화하면서 구토와 복통이 나타나고 신장 같은 장기의 손상과 함께 마지막에는 의식 저하와 사망에 이르는 질환일 가능성이 큽니다."

혈액 검사 결과 역시 예상에서 벗어나지 않았다. pH 7.0~7.1의 대사성산증(인체는 pH 7.35~7.45를 유지), 아주 높은 혈중 케톤 수치, 800에 가까운 혈당, 모두 당뇨병성케톤산증에 부합했다.

환자에게 설명한 것처럼 당뇨병성케톤산증은 상당 기간 500~600 이상 고혈당이 지속하면 발생하는 대표적인 급성 합병증이다. 고의로 인슐린이나 경구 혈당강하제를 투여하지 않은 환자 혹은 당뇨병을 아직 진단받지 못한 환자-자신이 당뇨병 환자란 사실을 모르니 혈당도 관리하지 않는-에서 주로 발생하고 신속히 치료하지 않으면 신부전 같은 장기 손상이 동반되어 사망할 수도 있다(인슐린과 경구 혈당강하제를 성실하게 복용하는 경우에도 폐렴, 장염 같은 질환에 걸리면 당뇨병성케톤산증이 발생할 수 있음, 감염은 인슐린 요구량을 증가시켜 그 자체가 혈당을 높이는 원인이며 심한 장염으로 인한 탈수도 마찬가지). 구토와 복통, 지나치게 빠른 호흡이 초기 증상이며 악화하면 의식 저하와 쇼크가 나타난다. 그래서 당뇨병 환자가 구토와 복통 혹은 '숨이 잘 쉬어지지 않아 가슴이 답답하다'라고 호소하면 혈당부터 확인할 필요가 있다.

당뇨병성케톤산증의 치료는 복잡하지 않다. 정맥로(intravenous line)를 확보하여 대량의 수액을 신속히 투여해서 탈수를 교정하고 소변량을 증가시키면서 동시에 저농도 인슐린으로 천천히 혈당을 교정하면 된다. 물론 감염증이 동반하면 그에 대한 치료가 필요하고 신부전뿐만 아니라 때로는 심근경색 같은 문제가 발생할 수도 있으니 주의해야 한다.

다행히 환자는 나이가 많지 않고 구토와 복통을 호소했으나 의식 저하와 저혈압 같은 심각한 증상은 없었다. 또 폐렴이나 장염 등의 감염증은 동반하지 않았다. 대량의 수액을 신속히 투여하자 소변량이 늘어났고 저농도 인슐린 치료를 시작하자 상태가 안정되었다. 그래도 1~2일 정도는 중환자실 입원이 필요했다.

현실적인 문제는 그때부터였다.

일정 규모 이상 병원의 중환자실은 늘 붐빈다. 쉽게 말해 중환자실이 한가한 경우는 없다. 그래서 응급의학과 의사 대부분은 출근과 함께 중환자실 사정을 확인한다. 그날도 공식적으로는 중환자실에 자리가 없었다. 그러나 공식적인 집계와 별도로 일반 병동에서 예상하지 못한 중환자가 갑작스레 발생하는 상황을 대비해서 단기간 사용할 수 있는 '비공식적 예비 병상'이 한두 개쯤 있다. 중환자실 간호사는 비공식적 예비 병상을 사용하는 것을 아주 싫어하기 때문에 비공식적 예비 병상을 사용하기 위해서는 해당 임상과 의사의 강한 의지가 필요하다.

그래서 그날 내과 당직 의사를 확인하자 마음이 무거워졌다. 하필이면 병원의 모든 사람이 인정하는 '전원의 대가'인 닥터 미니멈이 내과 당직 의사였기 때문이다. 닥터 미니멈은 1년 365일 가운데 '하늘에 구름이 없고 태양이 높이 떠오르며 바람이 불지 않고 그러면서도 지나치게 덥지 않으며 이슬이 적당히 맺히나 습하지 않은 날'에만 중환자를 담당한다는 농담의 주인공이다. 중환자를 담당하지 않고 인근 대학병원으로 전원하기 위해 온갖 창의적인 구실을 만드는 대가인 만큼 중환자실에 자리가 없을 때, 닥터 미니멈이 당뇨병성케톤산증에 걸린 환자를 입원시킬 가능성은 희박했다. 닥터 미니멈은 '인근 대학병원으로 전원하세요'라고 말할 것이 틀림없었다.

그러나 환자를 인근 대학병원으로 전원할 수는 없었다. 인근 대학병원의 응급실과 중환자실은 이미 꽤 오랫동안 과밀화된 상태였고 애초에 대학병원으로 전원할 만큼 심각한 상황도 아니었다. 당뇨병성케톤산증은 우리 병원에서도 충분히 치료할 수 있는 질환이다. 또 환자는 1~2일 정도만 중환자실 입원이 필요했고 그다음 일반병실로 옮길 수 있었다. 전화하자 닥터 미니멈은 아주 무심한 목소리로 말했다.

"아, 뭐, 중환자실에 자리가 없으니 그냥 전원하세요."

중환자실 자리를 만들어 보려는 의지는 조금도 없었다. 그래서 다음과 같이 반문했다.

"그런데 인근 대학병원은 이미 며칠 전부터 응급실과 중환자실이 과밀화 단계입니다. 그리고 이 정도의 당뇨병성케톤산증은 우리 병원에서 충분히 치료할 수 있지 않습니까?"

전화기 너머 목소리는 약간 멈칫하는 느낌도 없었다.

"그래도 어쩌겠어요? 인근 대학병원이 안 되면 다른 지역으로 보내세요."

다른 지역으로 보내라고? 대동맥박리 같은 심각한 질환으로 응급 수술을 위해 전원하는 것이 아니라 심하지 않은 당뇨병성케톤산증 환자를 다른 지역으로 보내라고? 더구나 인근 지역은 '아무리 전원을 문의해도 실제로는 전원할 수 없다'는 말이 있을 만큼 전원이 힘든 것으로 악명 높다.

"의식도 명료하고 혈압도 안정적이며 치료에 잘 반응하는 당뇨병성케톤산증 환자를 다른 지역으로 전원하면 거기 의료진이 우리를 뭐라고 생각할까요?"

날카롭게 말하니 전화기 너머에서 웃음이 들렸다.

"하하, 뭐, 그래도 어쩌겠어요? 중환자실에 자리가 없는데요."

중환자실에 자리를 만들 노력이나 했을까? 독설을 퍼붓고 싶은 마음을 애써 억누르며 다시 물었다.

"그럼 제가 중환자실에 자리를 만들면 입원시키겠습니까?"

전화기 너머에서는 '네, 뭐'란 말이 들려왔다. 황급히 전화를 끊고 중환자실 주임 간호사에게 전화했다. 상황을 설명하자 중환자실 주임 간호사는 짧게 한숨을 내쉬고 '그럼 어쩔 수 없네요'라고 대답했다. 그렇게 환자는 중환자실에 입원했다.

환자는 중환자실에 입원하고 얼마 지나지 않아 안정을 찾았다. 아직 젊고 전반적인 건강 상태가 나쁘지 않아 회복이 빠른 듯했다. 하루 이틀만 늦었어도 환자는 의식을 잃고 쓰러진 채 119구급대를 통해 실려 왔을 것이다. 또 의도적으로 보름 정도 인슐린을 투여하지 않은 것이 당뇨병성케톤산증이 발병한 원인이었으니 다가올 미래가 그리 밝지 않아 씁쓸했다.

이제는 함께 근무하지 않으나 닥터 미니멈과는 동료로 꽤 오랫동안 일했다. 또 내과와 응급의학과는 서로 밀접하게 협력할 때가 많아 좋든 싫든 서로 잘 알 수밖에 없다. 일단 닥터 미니멈은 특별히 나쁜 사람이 아니다. 깔끔한 외모와 친근한 인상을 지녔고 좀처럼 목소리를 높이지 않으며 욕설을 내뱉는 경우도 없다. 흔히 생각하는 똑똑한 의사의 전형이며 환자와 보호자 대부분이 신뢰한다.

그러나 닥터 미니멈은 응급의학과 의사의 은어로 표현하면 '9시간 의사'에 해당한다. 오전 9시에 출근해서 오후 6시에 퇴근할 때까지 9시간만 열심히 일하는 의사란 뜻이다. 오후 6시를 넘어서도 관심을 기울여야 하는 일을 최대한 피하는 것이 닥터 미니멈의 목표다. 응급실에서 식도염, 위염, 장염, 인후염 등 비교적 가벼운 질환에 해당하는 환자의 입원을 위해 연락하면 기꺼이 호출에 응하나 중환자실에 입원이 필요한 환자의 경우에는 어떤 핑계와 명분을 만들어서라도 인근 대학병원으로 전원시킨다. 심지어 지금은 중환자실 입원이 필요하지 않으나 노인 환자의 폐렴, 당뇨병 같은 기저 질환이 있는 환자의 신우신염처럼 조금이라도 중증으로 악화할 가능성이 있는 경우에도 어떻게든 인근 대학병원으로 전원하기 위해 노력한다.

물론 닥터 미니멈의 행동은 완벽하게 합법이다. 불법과 합법의 경계에 있지도 않고 교묘하게 자신에게 유리한 방식을 적용하는 편법도 아니다. 도덕적 측면에서 따져봐도 닥터 미니멈 같은 행동을 비난하기는 어렵다. 환자를 위해 최선을 다하며 열정을 불태우는 행동은 존경하고 칭찬해야 마땅하나 그렇다고 닥터 미니멈의 행동에서 도덕적 문제를 제기할 만한 잘못은 없다. 그저 닥터 미니멈은 세상을 구성하는 다수의 평범한 사람처럼 최대한 몸을 사리면서 지나치게 안전하게 행동할 뿐이다. 그래서 이 글을 읽으며 닥터 미니멈의 행동에 분개하는 사람도 정작 자신의 문제에는 닥터 미니멈과 크게 다르지 않을 수도 있다. 또, 몇몇 사람은 아예 닥터 미니멈의 행동을 옹호할 것이다.

그러나 닥터 미니멈도 가까운 사람 혹은 닥터 미니멈 자신이 환자가 되는 상황에서는 자신과 전혀 다른 존재, 열정적이고 고전적인 의사의 의무에 충실한 부류가 진료를 담당하는 것을 간절히 원할 것이다.

에필로그

응급실에서 만난 사람들

2001년 HBO가 방영한 〈밴드 오브 브라더스(Band Of Brothers)〉는 2차대전을 다룬 전쟁 드라마라는 제약에도 크게 흥행했다. 기존의 전쟁 영화 마니아는 당연히 열광했고 전쟁 영화를 특별히 좋아하지 않는 사람도 〈밴드 오브 브라더스〉만큼은 끝까지 시청하는 사례가 적지 않았다.

〈밴드 오브 브라더스〉의 흥행에 고무되어 HBO는 2010년 〈더 퍼시픽(The Pacific)〉이란 전쟁 드라마를 방영했다. 다만 두 작품 모두 2차대전을 배경으로 하나 〈밴드 오브 브라더스〉는 노르망디 상륙작전을 시작으로 유럽 전선에서 싸우는 공수부대를, 〈더 퍼시픽〉은 태평양 전선에서 싸우는 해병대를 다룬다. 또, 〈밴드 오브 브라더스〉가 크게 흥행한 반면에 〈더 퍼시픽〉은 평론가에게만 관심을 끌었을 뿐, 〈밴드 오브 브라더스〉에 훨씬 미치지 못하는 흥행을 거두었다.

유럽 전선과 태평양 전선, 공수부대와 해병대란 차이가 있어도 2차대전을 다룬 전쟁 드라마라는 공통점을 지닌 두 작품의 흥행이 크게 엇갈린 이유가 무엇일까?

두 작품의 첫 번째 에피소드만 시청해도 어렵지 않게 이유를 찾을 수 있다. 〈밴드 오브 브라더스〉는 참혹한 전쟁을 배경으로 사용해도 동료애와 군인의 명예 그리고 가혹한 환경에서도 인간성을 버리지 않는 모습을 주제로 삼는다. 전쟁 영화를 특별히 좋아하지 않아도 그런 측면에 집중하면 재미있게 시청할 수 있다. 반면에 〈더 퍼시픽〉은 참혹한 전쟁을 단순히 배경으로 사용하는 것을 넘어 폭력과 야만을 마주한 개인의 인간성이 붕괴하는 이야기다. 〈밴드 오브 브라더스〉에 등장하는 동료애도 없고 군인의 명예도 찾기 어렵다. 그래서 전쟁 영화를 즐기는 사람조차 〈더 퍼시픽〉을 보면 처음부터 끝까지 대단히 불편하다.

이런 현상은 전쟁 드라마에서만 나타나는 것이 아니다. 범죄, 멜로, 로맨틱코미디, 시트콤, 심지어 SF까지 '공감할 수 있는 이야기'가 아니면 흥행하기 어렵다. 인간은 흥미진진한 이야기, 평범한 일상과 사뭇 다른 이야기를 즐기지만, 공감할 수 있는 요소가 있어야 한다.

《응급실의 소크라테스》란 제목으로 책을 엮으면서 필자도 그런 부분에 주의를 기울였다. 응급실은 매우 제한적인 공간이지만 동시에 사회의 다양한 사람들, 특히 절박한 상황을 마주한 평범한 사람이 찾는 공간이다. 그곳에서 만난 다양한 사람의 특별한 이야기를 통해 공감할 수 있도록, 또 우리가 한 번쯤 관심을 기울여야 할 우리 사회의 모습을 살펴보는 것에 집중했다. 부디 여러분 모두, 읽는 재미와 함께 그런 공감을 느꼈기를 바란다.

응급실의 소크라테스

초판 1쇄 발행 2022년 6월 8일
초판 2쇄 발행 2023년 10월 18일

지은이·곽경훈
펴낸이·박영미
펴낸곳·포르체

편　집·임혜원, 김성아, 김다예, 김아현
마케팅·김채원, 정은주

출판신고·2020년 7월 20일 제2020-000103호
전화·02-6083-0128 | 팩스·02-6008-0126 | 이메일·porchetogo@gmail.com
포스트·https://m.post.naver.com/porche_book
인스타그램·www.instagram.com/porche_book

ISBN 979-11-91393-31-6(03810)

• 이 책의 국립중앙도서관 출판시도서목록은 서지정보유통지원시스템 홈페이지(http://seoji.nl.go.kr)와 국가자료공동목록시스템(http://www.nl.go.kr/kolisnet)에서 이용하실 수 있습니다.
• 잘못된 책은 구입하신 서점에서 바꿔드립니다.
• 책값은 뒤표지에 있습니다.

여러분의 소중한 원고를 보내주세요.
porchetogo@gmail.com